真実は言えない

レベッカ・ウインターズ 作

すなみ　翔 訳

ハーレクイン・イマージュ

東京・ロンドン・トロント・パリ・ニューヨーク・アムステルダム
ハンブルク・ストックホルム・ミラノ・シドニー・マドリッド・ワルシャワ
ブダペスト・リオデジャネイロ・ルクセンブルク・フリブール・ムンバイ

THREE LITTLE MIRACLES

by Rebecca Winters

Published by Harlequin Japan,
a Division of K.K. HarperCollins Japan, 2025

レベッカ・ウインターズ

17 歳のときフランス語を学ぶためスイスの寄宿学校に入り、さまざまな国籍の少女たちと出会った。帰国後、大学で多数の外国語や歴史を学び、フランス語と歴史の教師に。ユタ州ソルトレイクシティに住み、4 人の子供を育てながら作家活動を開始。これまでに数々の賞を受けてきたが、2023 年 2 月に逝去。亡くなる直前まで執筆を続けていた。

主要登場人物

トレーシー……………………記憶喪失の女性。
ルイーズ………………………トレーシーの主治医。
ローズ・ハリス………………トレーシーの伯母。
イザベル………………………トレーシーの姉。
ジュリアン・シャペール……トレーシーの夫。〈ラ・メゾン・シャペール〉社長。
ジャック………………………ジュリアンの弟。
アンジェリーク………………ジュリアンの妹。
アンリ・シャペール…………ジュリアンの父親。故人。
セレスト………………………ジュリアンの母親。故人。
ソランジュ……………………シャペール家の家政婦。

1

「おはよう、トレーシー。さて、我らが奇跡の患者の今朝の様子はいかがかしら？」

　トレーシーは日記を書く手を止めて、担当医を見上げた。「おはよう、ルイーズ」

「ファーストネームで呼んでくれるなんて、嬉《うれ》しいわね」

　トレーシーの美しい口元にかすかな笑みが浮かんだ。「でも、生意気に聞こえないかしら」

「とんでもない」ルイーズは、いかにも専門家らしい目で彼女を素早く観察した。「とても、元気そうね？」

「ええ、すごく気分がいいの。できたら外に出てみたいんだけど」

「そのうちね」トレーシーの最近の日記に目を通しながら、ルイーズはつぶやいた。「いいじゃない。筋の通った、とてもわかりやすい文章だわ。もう事故の前と変わらないわね。じゃあ、ご褒美をあげようかな」

「ご褒美はいつでも嬉しいわ」

「よかった。だったら、そうしましょう。でもその前に、もう一枚だけ絵を描《か》いてほしいの」

　トレーシーは不安そうに椅子の上で身じろぎをした。「それよりカードゲームかチェスのほうがいいんだけど」

「これだってゲームみたいなものよ」

「何を描けばいいの？」

「夢よ。あなたの夢には、何か動物のようなものが出てきて、いまだにあなたを苦しめているでしょう？　それがどんな姿をしているか、とても興味があるの」ルイーズは深い思いやりをこめた目でトレーシーを見た。

だが、トレーシーは首を激しく振って、脅《おび》えたように身を縮めるだけだった。

「さあさあ、トレーシー。大丈夫よ。これはとても大事なことなの。じゃあ、こうしましょう。ここに動物の絵があるわ。もしこの中に、あなたが夢の中で話をする生き物に似た動物がいたら、教えてちょうだい」

ルイーズは本を開き、ゆっくりとページをめくって、トレーシーに見るように促した。意外にもトレーシーは怖がるどころか、楽しそうに動物の絵を眺めはじめた。絵本には、ユーコン川のほとりの荒地に棲息《せいそく》する大角羊から、アフリカの奥地を徘徊《はいかい》するガゼルまで、いろいろな動物が描かれていた。最後のページをめくったとき、トレーシーが顔を上げた。

「どれも全然似ていないわ」

ルイーズが紙と鉛筆をトレーシーの前に差し出した。「そうだと思った。だからこそ、描いてもらわなくてはならないの。いいこと、描いたからといって、それがあなたに害を及ぼすことはないのよ。相手はたかが紙きれなんだから」

トレーシーは長いあいだ医師の言葉に思いを巡らし、なんとか勇気を奮い起こそうとしていた。「もし描いたら、外に出て大地を踏みしめてもいい？」

「あのね、トレーシー。わたしはあなたがここから出て、ちゃんとした普通の生活ができるようにしてあげたいの。でも、そんな動物に恐怖を抱いたままで、どうやって外の世界に出ていけるの？　問題を解決しないかぎり、わたしがあなたをドアの外に出せると思う？」

トレーシーは苦しげなため息をもらした。医師の言っていることはよく理解できた。「そのとおりね」再び考えあぐねたあげく、ようやく言った。「わかったわ――や、やってみる」声が震えていた。

彼女はおぼつかない手で、目を閉じるたびに――いや、眠っているあいだでさえも――彼女をさいなみつづける恐ろしい生き物の姿を描きはじめた。

何をどうしようとも、彼女はその生き物から逃れることができなかった。恐怖から逃れる唯一の方法は、眠らないことだった。うっかり眠ってしまえば、激しいあえぎと叫びで、へとへとに疲れてしまう。体じゅうから汗が噴き出し、枕《まくら》がぐっしょり濡《ぬ》れてしまうほどだった。

「これよ！」

トレーシーは描き終わった絵から目をそむけて、ぐいと前に突き出した。ルイーズはその絵を取り上げて眺めると、代わりにチョコレートバーを差し出した。チョコレートの包みを破る前に、トレーシーはゴールドの文字が鮮やかに浮かぶ赤いきれいな包み紙に目を留めた。

「〈ラ・メゾン・シャペール〉」トレーシーは声を出して読んだ。「メイド・イン・スイス《ファブリーク・アン・スイス》」

「シャペールの家という意味よね」ルイーズが説明した。「その会社のチョコレート、食べたことある？」

「ええ、あるわ」トレーシーはきっぱりと答えた。それから不思議そうに、眉を寄せた。「このシャペールという名だけれど……」

「あなたのお父様は亡くなるまで、そこの会社のアメリカ支社長だったのよ」

トレーシーはのけぞるように女医を見つめた。

「父について話してくれたのは、これで二度目ね」

「お父様のこと、何か覚えている？」

トレーシーは首を振り、親指で包み紙をなぞった。

「でも、この〈シャペール〉という名前には何かありそう」

女医は鋭い視線を向けている。「たぶん〈シャペール〉社は世界で最も有名なチョコレート会社だからじゃない？　百年以上の歴史を持つ優良会社で、業界では抜きんでているわ」

不思議な懐かしさにとらわれて、トレーシーは包み紙を開け、チョコレートバーをかじった。「うーん……ヘーゼルナッツ。これが一番好き。なぜ、わかったの？」

ルイーズが片目をつぶってみせた。「わたしには透視能力があるの。この言葉はわかる？」

「ええ」トレーシーが微笑《ほほえ》んだ。「じゃあ、ほかに何が好きか、当ててみて」

「そうね……ちょっと待って。わかった。ナッツ入りのホワイトチョコレート」

トレーシーが驚いて、背筋を伸ばした。「すごい。本当に透視できるのね」

「いいえ」女医が首を横に振った。「まぐれよ。わたしが好きというだけ。今度、持ってきてあげるわね」彼女は立ち上がって、じっとトレーシーを見つめた。「それから、もうひとつ驚かせることがあるの。あなたに会いたいというご婦人が待っているわ。でも、まだそんな気になれないなら、はっきりそう言っていいのよ」

好奇心に駆られて、トレーシーも椅子から立ち上がった。「会ったことがある人？」

「ええ、二カ月ほど前に。でもそのときは、とくに印象には残らなかったようだわ。そのご婦人はずっとこちらと連絡を取りつづけていたの。それに、とてもあなたを愛しているわ。ほら、この人よ」ルイーズが一枚の写真を手渡した。

最初見たときはどこかの上品な女性というだけで、とりたててどうということはなかった。だが、よく見ると顔立ちにどこか見覚えがある。やがてトレーシーは喉をつまらせて叫んだ。「ローズ伯母様！」写真の人物が誰かわかったのだ。

医師の顔が、ぱっと輝いた。「そうよ。記憶が全部戻るのも、そう遠くはなさそうね。そう、この女性はあなたの伯母様のローズ・ハリス。事故が起きたとき、あなたは伯母様と暮らしていたの。覚えていない？」

「覚えていないわ。でも、この顔は覚えている」トレーシーは母によく似た美しい女性の写真を愛《いと》おしげに指でなぞった。そのときふいに、父親の顔が浮かんできた。

「パパ！」ささやくと同時に、涙がとめどなく流れてきた。子どものころのことや、姉、両親などの記憶が恐ろしいほどの勢いでよみがえった。野生の水仙が咲き乱れ、たわわに実った果物の甘い香りの立ち込める懐かしいあの夏の日々も。

多くの記憶が、長いこと閉じ込められていた時間を取り戻そうとするかのように、次から次へとわき上がる。トレーシーはめまいさえ覚えた。なぜか、そのすべての記憶の底に流れるのは、言い知れない悲しみだった。

その悲しみを振り払うようにトレーシーは叫んだ。「伯母様に会いたいわ！」半分泣き声だった。

両親を飛行機事故で亡くしたあと、彼女と姉のイザベルを引き取ってくれた伯母に会って話がしたい。その思いは唐突に、しかも強烈にわき上がった。

「ラウンジでお待ちよ」

ルイーズはドアを開けて、トレーシーを先に通した。最近のトレーシーは杖《つえ》なしでも歩けるようになっていた。もう足元がふらつくこともない。

「ローズ伯母様！」

「トレーシー、ダーリン！」ラウンジへの角を曲がるか曲がらないうちに、伯母が叫んだ。

トレーシーは伯母の腕の中に飛び込んで、彼女の名を幾度も呼びながら、その体にしがみついた。

「やっと思い出してくれたのね。ああ、このときが来るのをどんなに待っていたことか」ローズが泣きだした。

「つい今しがた、ルイーズが写真を見せてくれて、思い出したの」

ふたりは涙をぬぐうために体を離したが、ローズはすぐにまた姪《めい》の手をつかんだ。「四カ月前、お医者様から助からないと言われたの。でも、あなたはこうして生きているわ。すっかり元気になったうえ、前よりずっときれいになって。奇跡としか言いようがないわ」

「今の勢いで記憶を取り戻すことができれば、退院も間近ですよ」ルイーズが言葉をはさんだ。「さてと、わたしは失礼しますね。おふたりだけでゆっくり再会を味わってください」

「ありがとうございます」ローズが礼を言うあいだも、トレーシーは伯母の顔から目を離さなかった。この伯母の顔がわからなかったなんて信じられない。

六十歳になる伯母は、美しかった母親によく似ていた。栗《くり》色の髪は、トレーシーの姉イザベルにそっくりだ。ただ、母も伯母も青みがかったグリーンの瞳だったが、姉のイザベルだけは父に似たのか茶色だった。

一方、トレーシーの瞳は透き通るようなエメラルド色で、まわりを濃いまつげが縁取っている。卵形の輪郭に、高い頬骨、髪は白っぽいほどの金髪だ。そのため、サクソン族の奇妙な先祖返りだなと灰色の髪をした父親からよくからかわれたものだった。

「あなたの部屋に行きましょう、ダーリン。あそこなら、誰にも邪魔されずゆっくり話せるわ。とにかく四カ月もの時間を取り戻さなくてはならないんですもの」

「イザベルはどうしているの？　ブルースとアレックスは？　わたし、思い出したの。わたしには結婚した姉がいると。なぜ姉は伯母様と一緒に来なかったの？」部屋に向かうあいだも、トレーシーは伯母の腕を取って、矢継ぎ早に質問を浴びせかけた。「いったい、どれから答えたらいいのかしら？」

ふたりは部屋に戻って、ドアを閉めた。

「何もかも」トレーシーは伯母に会えたのが嬉しくてたまらなかった。「さあ、ここに来て、わたしの隣に座って」ソファを叩《たた》きながら言った。彼女の個室は病室というより、まるでホテルの続き部屋のようだと思っていたが、伯母も同じ印象を持ったようだ。「さあ、何もかも聞かせて」

「そうね……」ローズはほつれた髪を落ち着かなげにかき上げた。「イザベルも来られればよかったんだけど、ちょっと具合が悪くて」

「ひどく悪いの？」

答える前にローズはちょっと考え込んだ。「いいえ、そんなことはないわ」

「伯母様、その顔つきを見ればわかるわ。イザベルに何かあるのね？　お願い、話して。わたしは大丈夫。日に日に元気になっているんだから」

「ええ、見ればわかりますよ。神様に感謝しているわ。実はね――」ローズは心配そうに、姪を見た。「イザベルはふたり目の子を妊娠していて、つわりがひどいの」

「まあ。そういえば、アレックスのときもそうだったわ。でも、また赤ちゃんが生まれるなんて、なんてすてきなの」いくら望んでも手に入らないものを思ってか、その声には苦しみがにじんでいた。

トレーシーは内なる痛みに気を取られていて、ローズが神経質そうに真珠のネックレスをいじっていることや、目を合わせようとしないことには気づかなかった。

「ブルースも喜んでいるんでしょう？」

「まあね。でも、会社が倒産寸前で、それどころではなさそうよ。ふたりのあいだが手遅れにならないうちに、そのあたりのことに気づいてくれるといいのだけど」

「そうね」トレーシーはうなずいた。それから、あふれてくるエネルギーに突き動かされるように、勢いよく立ち上がった。「ここを出たらすぐに、ソーサリートに行って驚かせてあげるわ！　ああ、アレックスを抱く日が待ち遠しい。あの子の二度目の誕生日に、わたしは昏睡《こんすい》状態だったんですもの。正直言うと、わたし一刻も早くここを出たいの」トレーシーはそう言って、すまなそうに伯母を見た。「ここが嫌いというわけじゃないの。誰もが口を揃《そろ》えて、ここまで回復したのは奇跡だって言ってくれるわ。それにみんないい人ばかり。ただ、なんだか壁の中に閉じ込められているみたいで――閉所恐怖症に陥りそう」

「わかるわ。誰だってそうなるわよ」ローズも立ち上がるとトレーシーの両肩に手をかけて、同情を示した。「ただ、お医者様たちの話では、もう少しここにいなくてはならないそうよ」

トレーシーはため息をもらした。「ああ、このまま伯母様と一緒に帰りたい。海が近いはずなのに、潮の匂《にお》いが全然しないのよ。伯母様、わたし、サンフランシスコ湾から、船で海に出てみたいの。ゴールデンゲートをくぐって、潮風を頬に感じられたら、どんなに気持ちがいいかしら」伯母が黙っているのに気づいて、トレーシーは振り返った。「伯母様、どうかしたの？　なんだかいつもと……違うみたい」トレーシーの目に涙が浮かんだ。「わたしって、やっぱりどこかおかしい？　お医者様から、もう治らないとでも言われたの？」

「とんでもない。そうじゃないの」

ローズがふいに彼女を抱きしめ、カシミアのセーターがトレーシーの涙で濡れた。伯母の体からは、子どものころからなじんだ薔薇《ばら》の匂いが漂ってきた。

伯母といえば、いつもその匂いを思い出した。

「ただ、ここがサンフランシスコではなく、スイスだって気づいているのかと思っていたから」

トレーシーはきょとんとした。サンフランシスコではない？

ローズの言葉の意味がわかって、トレーシーは思わず身を引いた。なぜ今まで気づかなかったのだろう。

トレーシーは驚きのあまり、首を振った。「わたし、本当にどうかしているんだわ。そうね？」

「そんなわけないでしょう！」

トレーシーは両腕で腰を抱きしめ、うめいた。

「どうりでルイーズが外に出さないはずだわ。わたしは生まれたばかりの赤ちゃんみたいに、何も知らないのよ」彼女の頬にまた涙がこぼれた。「きっと、一生ここにいなくてはならないのね」

「いい子だから、ダーリン。そんなこと言わないの。あなたは普通ならとても耐えられないような大変な状況を生き抜いたのよ。それに、フランス語は問題ないでしょう。小さいときから英語と同じように話せたんですもの」

トレーシーは唇を湿らせた。「そんな慰めを言ってくれなくてもいいのよ」

「慰め？　あなたはこれまで記憶を取り戻すのに忙しかっただけよ。回復の速さには、スタッフ全員が舌を巻いているわ！　自分がどこにいるか知らなかったといっても、驚くことはないのよ。外の世界とはまったく接触がなかったんですもの、当たり前よ。それにね、ダーリン。そんなのたいしたことじゃないわ」

「もちろん、たいしたことよ」トレーシーはすっかり自己憐憫《れんびん》に陥っていた。「とっくに気づいていてよかったはずだわ。見て、この部屋。それに食事。子牛の薄切り肉《エスカロップ・ド・ヴォー》！　カリフォルニアのテイクアウトでないのは間違いないわ、そうでしょう？　正確なところ、ここはどこなの？」

「ローザンヌよ」

「ローザンヌ？」

「そう」

トレーシーは自嘲《じちょう》的な笑い声をあげた。「難病のための世界的に有名なクリニックが集まっているところだわ。ハリウッドスターとかギリシアの船舶王といった大金持ちだけが入れるという。そこがわたしのいるところなの、ローズ伯母様？　こんな豪華な設備の中で過ごしていたら、父がわたしと姉に残してくれたわずかなお金だけでなく、伯母様の年金まで使い果たしてしまうんじゃなくて？」

ローズは姪のそばに歩み寄ると、その燃えるような頬を両手で包んだ。「あなたはその頭の傷を早く治すためにここにいるの。大事なのはそれだけ」

「だからといって、伯母様のお金がなくなっていいはずがないでしょう！　そんなこと耐えられないわ。伯母様はわたしたちのためにさんざん犠牲を払ってきたのに」トレーシーの声は苦痛に満ちていた。「わたしたちがいなかったら、伯母様はとっくに再婚していたわ」

「いいえ、それは違うわ。わ、わたしがローレンスと結婚したくなかったの。ずっと友達でいたかったから」

トレーシーは首を振った。「いいえ、そんなの信じない。これまでにかかった費用は、わたしがなんとかするわ。今すぐ荷物をまとめて、サンフランシスコに戻り、あっちで仕事を探すわ。そして伯母様にお金を返すの」

「それだけはやめて」ローズは驚くほどきっぱりとした口調で言った。

「伯母様がわたしを守るためなら、なんでもするのはわかっているわ。でも、わたしはもう立派な大人だわ。お医者様は実生活に戻れるようになるまで、ここからは出られないと言ったけれど」トレーシーは脅えたように言葉を切った。「でも、自分で生活することだって、実社会に戻るひとつの方法よ。四カ月も伯母様の世話になってきたんだから、そろそろ自分でなんとかするときだと思うわ。伯母様をローレンスから引き離してしまったわけだし」

「トレーシー……長いこと夫と暮らしてきたあとでは、とてもローレンスとは結婚する気になれなかったわ。それにローレンスは三カ月前、心臓発作で亡くなったのよ」

「ああ、ローズ伯母様」トレーシーはうめき声をあげて伯母を抱きしめた。「かわいそうな伯母様」

「そんなことはないわ。ローレンスは今ごろ、天国で奥様と一緒よ。それより今、大事なのはあなたなの」

伯母の声にあせりと緊張のようなものを感じ取って、トレーシーは身を硬くした。「何かあるのね。なんなの？」

「何もないわ。ほらごらんなさい。だから無用なお金の心配などしてもらいたくなかったのよ。費用は……ある人が払ってくれているの。だから、心配しないで」

ある人？

事故以来、トレーシーが学び直さなければならないことはいろいろあった。けれども、誰ひとりとして高額な治療費について彼女に教えてくれる人はいなかった。これまでにかなりの金額にふくらんでいるはずだった。

「ローズ伯母様、そんなお金を持っている人なんて誰かご存じ？　まして進んでわたしの治療費まで払ってくれる人なんているのかしら」

「僕が答えよう」トレーシーの背後で、低いなめらかな声が聞こえた。

トレーシーは言い知れない恐怖にとらわれて、振り返るどころではなかった。体から冷たい汗が一気に噴き出す。誰かは知らないが、その声は、まさに悪夢の中で繰り返し聞いた声だった。

「ジュリアン！」伯母が驚きの叫びをあげ、部屋から出ていくようしきりに合図した。

ジュリアン・シャペール……。

その名を耳にしたとたん、トレーシーの中で何かが爆発した。まるで石を投げつけられた鏡のように、彼女をかろうじて守っていた殻が粉々に砕け散った。そしてそこに現れたのは、むき出しで血を流す無防備な心だった。

彼を思い出すために振り返る必要さえなかった。漆黒の髪と瞳。しなやかな長身の体。男らしい、はっとするほど強烈な個性にあふれた顔。そのすべてが彼女の頭と心に、永遠に消し去ることのできない記憶として刷り込まれているのだから。

彼に比べたら、トレーシーがこれまで出会ったどんな男性も、たちまち影が薄くなる。それどころか、彼と肩を並べられる男性など、どこにもいない。そんなことは不可能だ。そしてトレーシーはその彼を、この世の誰よりも愛していた。

だが、それは禁じられた愛だった。

ふいに体じゅうのありとあらゆる細胞が、深い悲しみに満たされた。それは事故が起きる前の数カ月間ずっと味わいつづけた、たとえようもない悲しみだった。昏睡状態に陥っていたあいだだけ、忘れられた悲しみ。だが、そんな非現実的な時も長くは続かず、苦痛がこれまで以上の激しさで彼女を襲った。

「ああ、神様……」トレーシーの唇から言葉にならないうめき声がもれた。突き上げるような吐き気に襲われ、彼女は洗面所に駆け込んだ。

「トレーシー」愛してやまなかった低く、かすれたささやき声が、洗面所までトレーシーを追ってきた。

その手は、イタリア製の美しいタイル張りの洗面所で苦しむトレーシーをしっかりと支えた。

　わたしに触らないで。彼が腕をつかむのを感じて、トレーシーは心の中で叫んだ。ハネムーンでトレーシーをベッドに誘ったときと同じだ。あのとき、ふたりはいっときも離れることができず、いつもいつも一緒だった。

　彼に触れられるたびに、まるで初めて触れられるかのようだった。だが今のトレーシーは、彼がそばにいるというだけで、激しい吐き気に襲われ、言葉さえ出ない。「よかったら、わたしにまかせていただけませんか？」看護士のジェラールの有無を言わせぬ声が響いた。

「いや、よくないね」ジュリアンが吐き捨てるように言った。「トレーシーは僕の妻なんだ！」

　その声に、強い愛と激しい独占欲を聞き取って、トレーシーは今にもくずおれそうになった。

「ジュリアン、お願い！」今度は伯母の声だ。「さあ、ラウンジで待ちましょう」

　トレーシーはジュリアンの力強い体に震えが走るのを感じた。彼はそうやって自分と闘ったあと、やがてあきらめたようにトレーシーの腕を放した。そのときトレーシーは前にも増して苦しみを覚えた。

「すぐ戻ってくるよ、かわいい人《ミニョンヌ》」彼のかすれたささやき声に、トレーシーの全身の産毛が反応した。

　ふたりの足音が遠のいたとき、トレーシーはジェラールの腕の中に倒れ込んで、そのままベッドに運ばれた。

「ジェラール、あの人をここに入れないで」トレーシーは言った。看護士は彼女をベッドに座らせ、脈を取っている。「あの人はもう、わたしの夫ではないの。お願い、ここに近づけないで。会いたくないのよ！」

「ドクターの許可が出るまでは、スタッフ以外、誰もここには入れませんよ。さあ、横になって。今、ルイーズが来ますからね」

「すぐ来るように言って。彼女に会いたいわ！」

ジェラールが出ていくと、トレーシーはすぐに寝巻きに着替えた。吐き気が体の力を奪っていた。一刻も早くベッドにもぐり込んで何もかも忘れたい。

ベッドに入って上掛けを引き上げるか上げないかのうちに、ルイーズが白衣の裾《すそ》をひらめかせながらやってきた。女医はトレーシーと目を合わせたまま、ベッドのそばに椅子を引き寄せて座った。

「大変な日だったわね。でも、大きな山をひとつ越えたのも事実よ。だから、眠る前にちょっとお話ししましょう」

トレーシーは顔をしかめ、無意識に上掛けを口のあたりまで引き上げた。「あの人がラウンジにいて、いつ入ってくるかわからないのに眠れるはずがないでしょう。言ったことは必ず実行する人なの」彼女の声は恐怖で震えていた。

「伯母様と一緒に帰られたわ。わたしがそうするようにお願いして車で出ていくまで見送ったわ」

「よかった」トレーシーは二度と彼と顔を合わせたくなかった。

「自分の存在があなたの具合を悪くしたと気づいたあとは逆らわなかったわ。あなたに知っておいてもらいたいのは、この三カ月というもの、彼はずっとあなたの傍らで過ごしたということなの。悪夢にうなされるたびに、あなたを慰めていたのよ。あんなに献身的な人にはお目にかかったことがないわ」

トレーシーの心が再び激しく痛んだ。ああ、ジュリアン、ごめんなさい、許して。でもこうするしかないの。

「ご主人のことを話してくれない？」

トレーシーは手をきつく握りしめた。「彼は夫ではないわ」

「あなたがそう思いたくないからということ？」

「いいえ、わたしたち、離婚したの」

「でも、ここの費用を払っているのは彼なのよ」

トレーシーの頬に熱い涙がこぼれ落ちた。「伯母に聞いたわ。伯母のせいだわ」

「彼がここの費用を払っていることが？」

「いいえ。せっかく隠れていたのに見つかってしまったことが。伯母はきっと、彼に懇願され、負けてしまったんだわ。だって、彼ほどすばらしい男性はいないと思っているんですもの。そしてそれは本当なの」トレーシーの声は震えていた。

「なるほど。じゃあ、彼がお金持ちだから頼んだというわけではないのね？」

「とんでもない。わたしの夫は――ジュリアンはどんなときも自分が払うと言って聞かない人よ。昔からずっとそうだったわ」

「昔から？　どのくらい結婚していたの？」

「二カ月。でもその前から、家族ぐるみのお付き合いをしていたの。実際……彼ほど立派な人は世界じゅうどこを探してもいないでしょうね。他人への思いやり、謙虚さといったものを彼がそなえているのは、誰もが知っているわ。あの人は特別なの……」

トレーシーのささやきには、苦しみがにじみ出ていた。「そこが問題なの。たとえ……離婚しても、わたしに対して責任があると感じるのよ。そういう人なの。たとえ、わたしが払うと言っても、そんなことは許さないわ」

「ちょっと待って。あなたは彼を世界じゅうで一番すばらしい人だと思っている。怖がってもいない。だけど、もう一緒には住みたくはないというのね？」

「そう！」トレーシーはルイーズの言葉が命綱ででもあるかのように飛びついた。

「でも彼はまだ、死ぬほどあなたを愛しているわ」

「わかってるわ」トレーシーはうつむいた。「悪いけど、この件についてはもう話したくないわ。それにここにもいたくないの。あなたには本当に感謝しているわ。あなたがいなかったら、今のこの状態はありえなかったとさえ思ってるのよ。でも、もう元気になったの。あなただって、今朝そう言ってくれたじゃないの」

「ええ、そう。肉体的には信じられないほど健康になったわ」

「家に帰りたいの、ルイーズ。今夜にも！」

ルイーズは腕を組んで、椅子の背に体をあずけた。

「あなたの家はどこ？」

「サンフランシスコ」

「どうやって帰るの？」

「ジュネーヴ空港までのタクシー代くらいなら、バッグに入っているわ。そこからコレクトコールで姉に電話して、飛行機の代金を払ってもらい、向こうに着いたら空港まで迎えに来てもらう。そして部屋と仕事を見つけて、自分の道を歩きはじめるの」

「論理的にはとてもいい考えだと思うわ。問題はあなたの意思だけでは、ここを退院できないということね」

トレーシーの頬が怒りで赤くなった。「退院できないって、どういう意味？」

「ここにあなたを入院させたのは、ご主人よ。だから彼がいいと言うまでは出られないの」

「言ったでしょう。あの人はわたしの夫ではないのよ！　離婚したんだから」

「あなたはそのつもりでも、彼は離婚の書類にひとつもサインをしていないわ。だから法的には、あなたはまだ彼の奥さんなのよ」

2

トレーシーは大きくあえいだ。「嘘《うそ》よ！」

「いいえ」ルイーズは首を振った。「あなたに嘘をついたことはないわ。あなたの弁護士が離婚手続きを完了させる前に、あなたは事故に遭って昏睡《こんすい》状態に陥ったの。伯母様の話では、ご主人はそのまま結婚を継続させたということよ。何しろ、悲しみに暮れたまま、ずっとあなたのそばにいたわけだし」

トレーシーは思わず両手で口元を覆った。「わたしはまだトレーシー・シャペールということ？」

「そう」

そんな！「そんなこと耐えられない！」

ルイーズが慈愛にあふれた目を向け、身を乗り出した。「そのことがそんなにショックだなんて、かわいそうに」

「なぜ、もっと早く言ってくれなかったの？」

「患者が自然に思い出すのを待つのが一番いいからよ。それは新しい情報を受け入れる心の準備ができているということなの。あなたもこれまではそのとおりの経過をたどってきたわ。だからこそ、こんなにも回復が早かった。でも今夜は、ご主人がそのルールを破って、あなたの前に姿を見せてしまった。これは危険でもあったわ。結局わたしはこうして、あなたがまだ受け入れる準備ができていなかったと知らせなくてはならなくなったの。ごめんなさい、トレーシー。できたら、あなたが思い出すまで待ちたかったわ。でも、ご主人はあまりに長く苦しんでいた。あなたが伯母様のことを思い出したと聞いて、我慢できなくなったのね」

トレーシーは乱暴に涙をぬぐった。「わたしがまだ知らないことって、ほかにどれくらいあるの？」

医師はしばらく黙っていた。「実を言うと、まだあるわ。でも、担当医としては、今夜はこれくらいにしておきましょう。もう十分すぎるほどのショックを受けているんだから」

「つまりわたしは、すべての記憶を自然に取り戻すまでは、ここに閉じ込められているということね。そして、たとえ取り戻しても、ジュリアンがいいと言うまでは出られないのね？」絶望的な声だった。

「いいえ、そんなことは言っていないわ。あなたは信じられないくらいの速さで、ほとんどの記憶を取り戻した。それに、すべての記憶が戻るという保証はどこにもなくて、時がたってみなければどうとも言えないの。だからね、トレーシー、担当医としては、明日にも退院してもいいと思っているわ。確かにお別れを言うのは、例の悪夢を克服してからのほうがいいのは事実だけれど。あなたがここを出られない唯一の理由は、ご主人というわけ」

「弁護士を雇ったらどうかしら？」

ルイーズは眉根を寄せ、真剣な顔つきをした。「確かにそうかもしれないけど、ご主人の弁護士たちに太刀打ちできる優秀な弁護士を雇うには、かなりのお金が必要よ。大丈夫？」

答えはすでにわかっていた。トレーシーは再び震えに襲われながら、がっくりと肩を落とした。「ルイーズ、ひとりにしてくれる？」

「わかったわ。明日また話しましょう」

ふいに、とめどなく涙が流れてきて、トレーシーはしゃくり上げるように言った。「お願い、睡眠薬をちょうだい」

「もう睡眠薬は必要ないわ。あなたの恐怖はすでに表面に浮かび上がってきている。今はその恐怖を真正面から見つめるときなの。そうすれば、悪夢は二度とやってこないし、眠りはもっと健全なものになるはずよ。おやすみなさい」

トレーシーはここへ来て初めてルイーズに猛烈に腹を立てた。出ていく彼女に向かって、戻ってくるよう叫び、看護婦が部屋の明かりを消して、ドアを閉めてもなお叫びつづけていた。

「トレーシー？」

ジェラールの声に彼女は飛び上がった。背の高いシルエットが浮かんだとき、一瞬、別の男性を想像したのだ。

彼は部屋の明かりをつけた。「夕食はやっぱり食べたくないですか？」

「いらないわ！」彼女らしくない乱暴な返事だった。

「じゃあ、せめて冷たいフルーツジュースでも？」

「いいえ、欲しいのは睡眠薬よ」

「でも、ドクターの許可がないと、だめなんです。温かいミルクを飲めば、眠れるかもしれませんよ」

「ミルクは嫌いなの」

「だったら、おやすみなさい。何か用があったら、ボタンを押してください」

「眠れるわけないでしょう！」

「テレビでも見たら？」

「テレビなんて大嫌い。なぜ外へ出られないの？外へ出て、疲れるまで歩くわ。あなたには、わたしがどれほど息がつまりそうになっているか、わからないのよ」

「明日の朝は、ドクター・シモンズがお見えになる日ですから、回診のとき、そう言うといいですよ」

「朝までなんて待てないわ！　ルイーズは帰ったの？」

「さあ、どうですかね」

「お願い、彼女を呼んで。わたしがどうしても話したがっているって言って」トレーシーは気が変になりそうだった。

「じゃあ、見てきましょう」

数分後ルイーズがやってきたときも、トレーシーは相変わらず部屋の中をせわしなく歩きまわっていた。

「ジェラールによると、かなり興奮しているそうね。でも、お互いその理由はわかっているはずよ。そうでしょう、トレーシー？」

トレーシーはきっと顔を上げて、腫《は》れぼったいまぶたの下から医師を見つめた。「ルイーズ、わたし、ここを――スイスを出たいの。どうしたらいい？」

「どうしたらいいかはわかっているわ」年上の女医のかすかなつぶやきを、トレーシーは聞き逃さなかった。

「なんなの？」

「あなたは強くならなくてはね」

トレーシーは怒ったように言い返した。「わたしは強いわ」

「ご主人に、もう一緒には暮らさないと言えるだけの強さがある？」女医は眉を上げた。「ご主人が待っているのは、その言葉よ。わかるでしょう。ご主人の目をしっかり見て、すべてが終わったときちんと言うの。それにあなたは、彼はこの世で最もすばらしい人だって言ったでしょう」

トレーシーはぎゅっと唇を噛《か》んだ。「ええ、言ったわ。本当のことですもの」

「だったらなおさら、ご主人にはあなたの口から直接聞く権利があるわ。彼は結婚の誓いを破ったこともなく、ふたりの関係を壊すようなこともしなかった。何も言わず姿を消したのは、あなたのほうよ。どこにいるかも知らせず、ただ一方的に離婚手続きの書類を送っただけ」

「わかってるわ」トレーシーの声は消え入りそうになった。ジュリアンに与えた苦痛を思うと、立っていることさえつらかった。

「彼があなたの言うとおりの人だというのは、わたしも認める。だからあなたが真摯《しんし》な態度で接するなら、あなたがここから出ることに反対するとは思えないわ。それに離婚だって。もちろん、彼は喜んでそうするわけではないでしょうね。そんなことできるわけがないわ。だって、ご主人は今でも、あなたを狂おしいほどに愛しているんですもの。でも、決して身勝手な愛ではないから、それがあなたにとって本当に幸せだとわかれば、自分を犠牲にしてでも許してくれるはずよ。そうなれば、あなたも自分の秘密を明かすことなく彼から離れられるでしょう」

トレーシーははじかれたように顔を上げた。「秘密?」

「トレーシー、わたしは長いあいだあなたを見てきたのよ。あなたが何か隠していることくらい、わかっているわ。でも、それはいいの。誰にだって秘密のひとつやふたつあるわ。とにかく、それで彼とは離れていられるはずよ。でも、そのためには強くならないとね」

トレーシーは目をそらした。ルイーズは何もかもお見通しだ。それに正しい! ここを出る唯一の方法は、ジュリアンときちんと向かい合うことだけだ。ついにそのときが来たのだ。

ああ、神様。どうかわたしに強さと、適当な言葉を与えてください。

勇気がしぼんでしまう前に、トレーシーは言った。「よかったら彼に電話して、すぐ来てくれるよう頼んでくれる?」

「それもいいけれど、本当にその気があるなら、電話は自分ですべきだと思うわ。あなたがすっかり元気になって、自分の人生を自分の手でコントロールしていると知れば、ご主人だって納得できるでしょうし」彼女はしばらく黙り込んだ。「いいこと、トレーシー、わたしはいつもあなたの味方よ」

「わかってるわ。なのに、ちゃんとお礼も言っていなくて」トレーシーは女医をきつく抱きしめた。

「よく頑張ったわね。もう少しよ。あなたのために祈ってるわ」ルイーズは、彼女の肩を叩《たた》いて言い添えた。「ジェラールに電話を持ってこさせましょう。そうすれば、誰にも邪魔されずにご主人と話せるでしょう」

「ありがとう、ルイーズ」

「幸運《ボン・シャンス》を」

幸運。ジュリアンと会うには、幸運以上のものが必要だ。トレーシーはぼんやり立ちつくしたまま、女医が去り、ジェラールが電話を持ってきてプラグを差し込むのを見つめていた。

彼が出ていったあともトレーシーは机のまわりをうろうろして、なんとか勇気を奮い起こそうとした。ルイーズが正しいのはよくわかっている。ここを出るには、ジュリアンを説得するしかない。しかしそれには、一世一代の演技が要求される。

震える手で受話器を取り上げ、覚えていたシャトーの番号を押した。ソランジュが出た。ああ、愛すべきソランジュ。彼女はシャペール家の家政婦で、トレーシーの家族が、仕事と遊びを兼ねて毎年二カ月間スイスを訪れるようになるずっと前から、シャペール家に仕えている。トレーシーがスイスへ、そしてジュリアンの世界へ初めて旅したのは、九歳のときだった……。

「わたしの大切な《マ・シェール》トレーシー」彼女の声に気づいた瞬間、ソランジュが泣き声をあげ、トレーシーの胸に温かいものがあふれ出た。ソランジュはしばらく泣いていたが、やがてジュリアンがいったん戻ってローズ伯母を降ろしたあと、まるで悪魔にでも追い立てられているかのようにすぐにまた出かけたと伝えた。彼女は、代わりに伯母と話すかとたずねた。

こんな状態では、とても伯母と話す気にはなれない。トレーシーはあとで連絡するからと答えて受話器を置いた。それから直感で、彼の仕事場の直通電話の番号を押した。彼は何かあると、よくオフィスに行ったものだった。

トレーシーはちらりと時計を見た。午後十時四十五分。もしオフィスにいるなら、ひとりのはず……。

呼び出し音が六回鳴った。「はい《ウィ》？」不機嫌な声が返ってきた。

トレーシーは急に声を失い、唾《つば》をのみ込んで口のなかの乾きを抑えた。やっとの思いで彼の名を言うと、電話の向こうから、はっと息を吸い込む音が聞こえた。「なんということだ《モン・デュー》――トレーシー？」

彼女は電話のコードをきつく握りしめていた。心臓が激しく打って、胃のあたりに不快な気分がこみ上げる。

「え、ええ。わたしよ」

「ああ、このときが来るのを、僕はどれほど待っていたか！」ジュリアンの声は、愛と、彼女を求める心と、それ以外のさまざまな感情で揺れていた。それを聞いたとたん、トレーシーはいったいどうやって自分の計画を実行していいのかわからなくなった。

「本当に君なんだね、かわいい人《ミニヨンヌ》。僕は夢を見てるんじゃないね？」

熱い涙がトレーシーの頬を濡《ぬ》らした。違うわ、ダーリン。夢なんかじゃないの。

「ええ、さっきはごめんなさい。ルイーズの話では、何か思い出すと、あんなふうになることがあるそうよ」

「じゃあ、君は――」

「ジュリアン」彼の声に希望と喜びの響きを聞き取り、トレーシーはあわてて遮った。「お話があるの」

「すぐそっちへ行く」

「だめ！」トレーシーはパニックに陥った。「今夜は……だめなの」

今夜はまだ会えない。会えると思ったけれど、やっぱり無理だわ！　今夜は心の準備に当てたい。

「君の口から僕の名を聞くのを何カ月も待っていたんだ。僕を思い出してくれるようずっと願っていたのに——それでも君は、まだ待てと言うのかい？」

あまりに苦しそうな声だったので、トレーシーは電話をしたことすら後悔した。

「ごめんなさい。すごく疲れているの。だから明日の朝にして」

「そんなの無理だ」ジュリアンがうめいた。「何カ月ものあいだ、ベッドに横たわる君を見つづけてきたんだ。君はその瞳からも、心からも僕を締め出していた」彼の声はかすれていた。「少なくとも明日君が目を覚ましたときには、僕が誰だかわかり、僕の名を呼ぶことができる。今、すぐ行く。約束するよ。もし君が眠っていたら、絶対に起こしたりはしない。ただ、一緒にいるだけでいい。それもだめだと言うのかい、僕の愛する人《モナムール》？」

そう、それさえもできないの。ああ、どうすればいいのかしら。

「だったら……いいわ」

「すぐ行くよ」

ああ、どうしよう。いったいわたしはなんということを。

トレーシーは受話器を置いた。今夜は絶対に眠れないだろう。彼と同じ部屋にいて、どうして眠ることなどできるだろうか。彼は嬉《うれ》しさのあまり、わたしを抱き、キスをするかもしれない。

だが、好むと好まざるとにかかわらず、しばらくのあいだは、彼と面と向かわなくてはならない。服を着て、ラウンジで会えば、ふたりで部屋に閉じ込められることもないだろう。

トレーシーはバスルームに駆け込むと、急いでシャワーを浴びた。ぐずぐずしている暇はない。夜も更け、交通量も少ない。彼のフェラーリでは、ローザンヌ郊外にあるというこの病院まで、たいして時間はかからないだろう。

彼女は伯母と同じく、髪を後ろでシニョンにまとめた。彼が下ろした長い髪が好きなのを知っていたからだ。それから、かっちりしたブラウスとスカートに紺のブレザーを着込んだ。まるでビジネスの交渉にでも望むような格好だった。

香水もつけず、化粧もしなかった。大事なのは、自信に満ち、元気はつらつとして、退院して当たり前のように見えることだ。そして、できるだけ彼の注意を引かないようにする。

中ヒールの靴を履き、ラウンジの前のナースステーションまで行った。「ジェラール？」

名前を呼ばれ、カルテから顔を上げたジェラールは、あっけにとられて彼女を見つめた。「いったい、どうしたんですか？　一瞬誰かわかりませんでしたよ」

本当にわからなかったようだ。出だしは上々だ。

「主人が来ることになっているの。ここで待つことにするわ」

「お茶でもいれましょうか？」

「彼が来たら、お願い」

「わかりました」

トレーシーは礼を言い、ラブチェアの横の布張りの椅子に腰を下ろした。テーブルの上に、旅行雑誌が置いてあった。何かせずにはいられなくて、ぼんやりとページをめくったが、写真も文字もまったく頭に入ってこなかった。

ラウンジに足音が聞こえるたびに、はっと顔を上げたが、病院のスタッフや患者が通り過ぎただけだった。

「ミニョンヌ？」

ジュリアンがどこからともなく現れ、呼びかけた瞬間、トレーシーは小さく声をあげた。彼が近づく足音にまったく気づかなかった。いいこと、彼の目を真正面から、しっかりと見るのよ。決してひるんではいけない。トレーシーは椅子に座ったまま、思いきってジュリアンを見上げた。

彼は変わった。その変わりようにトレーシーの胸は激しく痛んだ。以前はなかった場所に深い皺《しわ》が刻まれ、彼の顔つきを暗くしていた。黒い髪も、かなり伸びている。痩《や》せて、やつれて、その黒い目には、戸惑ったような表情が浮かんでいる。にもかかわらず、黒いスーツに身を包んだジュリアンは、以前にも増して男らしく魅力的で、トレーシーは心の中でうめいた。

トレーシーにはわかった。ジュリアンは彼女が立ち上がって腕に飛び込んでいくのを待っている。昔のトレーシーはいつもそうだった。ジュリアンへの深い愛と情熱に突き動かされるように、誰がいようとおかまいなしに彼の腕に飛び込んだ。

だが、トレーシーは静かにこう言っただけだった。

「会えて嬉しいわ、ジュリアン。座って。今ジェラールがお茶を持ってきてくれるから」

ジュリアンは動こうともしなかった。体はこわばり、顔にはなんの表情もなかった。トレーシーは彼がぐっと拳《こぶし》を握りしめるのに気づいた。「僕は一年間も地獄をさまよったというのに、君の言葉はそれだけかい？」その声は低く、苦しみに満ちていた。

「あら、これでも礼を尽くしているつもりよ。今日は驚いてばかりだったわ。この病院にわたしを入れたのがあなただとわかり、そのうえ離婚も成立していないと言われた。あなたはサインしなかったそうね」

トレーシーは話しながら、青ざめていくジュリアンを見つめていた。ああ、一刻も早く、この残酷な場面が終わりになりますように。

「電話をしたのも、その件だったの。離婚してもらいたいの。書類は弁護士を通して手元に届いているはずよ。あなたには何も要求しないわ。ただ自由にしてもらいたいだけ」

息ができないかのようにジュリアンの胸が大きく上下した。

「理由は?」言葉が彼の歯のあいだからもれた。

そうきかれるだろうと思っていた。トレーシーはこのときを恐れていたのだ。

「嘘はつきたくないわ、ジュリアン。理由などないのは、あなたにもわかっているはずよ」

まるで平手打ちでも食らったように、ジュリアンはのけぞった。これほどあからさまな言葉が返ってくるとは思ってもいなかったのだろう。

トレーシーは立ち上がると、ジュリアンに近づき、まっすぐにその目をのぞき込んだ。彼の目は、暗く深い、悲しみだけをたたえた湖のようだった。

その湖に吸い込まれないよう、トレーシーは気持ちを引きしめた。「あなたを愛しているわ、ジュリアン。これからもあなた以外の人を愛することはないでしょう。それだけは間違いないわ。ただ、結婚生活だけは続けられないの。サンフランシスコに戻って、ひとりで生きていきたいのよ」

崖《がけ》っぷちに追いつめられた者のように、ジュリアンはつと手を伸ばしてトレーシーの肩をつかむと、たくましい体に引き寄せた。「なぜだ?」状況さえ違えば、間違いなくトレーシーの気持ちを変えたはずの激しさだった。

ジュリアンの目を見つめたまま、トレーシーは言った。「説明できたらいいんだけど、できないの。ただハネムーンから戻ったとき、自由になりたくて、卑怯《ひきょう》にもあなたの前から逃げ出したの」

ジュリアンの指に力がこもり、トレーシーの肩に彼の苦しみの深さが伝わってきた。

「あんなやり方はするべきではなかった。わたしが消えたことであなたが味わった苦しみを思うと、一生後悔するでしょうね。あなたが残酷だったことは一度だってなかったのに。これであなたもわかったと思うわ。わたしはあなたが生活を共にするような女ではないのよ」そう、そんなことはできないの。

ジュリアンの鋭いまなざしが容赦なくトレーシーの顔を探る。この新しい現実をなんとか理解し、弱点を見つけたいとでも思っているかのようだった。だが、見つけられずにいる。

「あんなふうに逃げ出したのは、あなたから離婚の理由をきかれるのがわかっていたからよ。でも、納得いくような説明はできないと思って」

「そのとおりだ」彼はトレーシーを揺すりながら、吐き捨てるように言った。「あんなハネムーンを過ごしたあとで、どんな理由を聞こうと納得できるはずがない」

「あなたがそう言うのはわかっていたわ。わたしたたちがタヒチで過ごした日々は、言葉では言い表せないほどのものだった。あのすばらしい経験を、誰もわたしたちから取り上げられないわ」

だってあれは、わたしの目の前を覆うヴェールが残酷にも引き裂かれる前だったから。

「わたしたちがあの経験を分かち合うことは、二度とないでしょう。あれは本当の人生とは違うわ。だから現実に戻ったとき、わたしは自分の道を歩きたいと願ったの。それも、ひとりで」

ジュリアンは信じられないというようにかぶりを振った。「いや、僕は君の言葉など信じない」次の瞬間、彼は激しく唇を押しつけて、トレーシーの反応を引き出そうとした。かつての彼女なら応《こた》えていただろう。ジュリアンを心の底から愛していたから。

なのに、あることを知ったため、トレーシーの世界はすっかり変わってしまった。たとえ肉体は弱くても、魂がそれは誤りだと告げていた。ジュリアンもまた、そんな彼女の変化を敏感に感じ取ったようだった。

ジュリアンは唇を離してトレーシーを見つめた。彼の美しい目に浮かぶ混乱と苦痛に、トレーシーの心は再び激しく痛んだ。ジュリアンの手がトレーシーの肩から落ち、ゆっくりと腕をさすった。まるで彼女の中にもろい部分がないか、てのひらで探っているかのようだった。

自分をしっかりと保ちながら、トレーシーは言った。「退院するには、あなたの許可が必要なのよ。わたしは明日の朝にでもここを出たいの」

ジュリアンは身じろぎもせずに立ちつくしていた。血の気のない顔が、彼を老けて見せた。やがて彼は生気のない声で言った。「だが君は、まだすべての記憶を取り戻してはいない」

「ええ。ルイーズから永久に戻らないこともあるかもしれないと言われたわ。だからといって、ここにいる必要はないそうよ。ただ、今のわたしの運命は……あなたの手の中にあるようなの」初めてトレーシーの声が震えた。「わたしは、あなたのもとから黙って姿を消して、あなたを深く傷つけたわ。だから、わたしに仕返しをする絶好のチャンスが来たとも言えるわ。離婚もせずに、わたしをずっとここに閉じ込めることができるんですもの。わたしはそのうちすべてを思い出すかもしれないし、そうじゃないかもしれない」

ジュリアンの体が震え、その唇が細い線のようになった。「君は僕が復讐《ふくしゅう》のために君を閉じ込めておくとでも思っているのかい？」

「いいえ」トレーシーは苦しそうにささやいた。「でもほかの人なら、もっとつまらない理由でも、そうするかもしれないわね。わたしは、心ならずもあなたを傷つけたわ、ジュリアン。あなたにはなんの落度もないのに。だから許してもらおうなんて思わない。それに、許せるようなことでもないわ」

ジュリアンは黙って彼女を見つめていた。彼が何を考えているかわからず、トレーシーの不安がつのった。

「もしジャックに関することなら、誓うよ。二度とやつを君に近づけたりしない」

彼女は首を振った。「ジャックはこの件には関係ないわ」

ジャックはジュリアンの弟で、トレーシーがジュリアンと会うずっと前から彼女を追いかけていた。当時ジュリアンはスイスを離れ、イギリスのケンブリッジ大学で学んでいた。彼がローザンヌに戻ったとたん、ジャックはトレーシーが兄に関心を寄せるのを知り、彼女を無理やり自分のものにしようとした。これを知ったジュリアンはかんかんになって弟を脅し、トレーシーのそばから追い払った。

その事件以来、トレーシーより十歳年上のジュリアンは、まるで保護者のように陰ひなたになって彼女を守った。彼は毎日学校まで迎えに来ては、トレーシーを自分のオフィスに連れ帰った。おかげで彼女はそこで安心して宿題をすませることができた。そして、謎《なぞ》めいたジュリアンにずっと魅了されていた彼女は、やがて彼を心から愛するようになった。永遠に変わらない愛だった。

それはまた許されない愛でもあった。

長く悲痛な沈黙が流れるあいだ、ジュリアンはトレーシーのひとつひとつの言葉を吟味し、どこが間違っているか知ろうとしていた。

やがて彼は言った。「今夜、君が退院する書類にサインしよう。ただし、ひとつだけ条件がある」トレーシーの口から震えるようなため息がもれた。

「君はシャトーに戻って一カ月間僕と住み、この結婚が立ち直るチャンスを与える。一カ月過ぎて、それでも君が望むなら、離婚に同意しよう」

ああ、神様、そんな！

ジュリアンは悪態をついた。「モン・デュー、真っ青じゃないか。僕は別に同じベッドで寝ようとは言っていない！」

「わたしにはできないわ！」

「それが僕にわからないと思っているのかい？」

「だったら、なぜ――」

「本当に君がひとりで暮らすほうがいいのか知りたいんだ」ジュリアンは乱暴に彼女の言葉を遮った。「君が雲隠れする前、僕の家で妻として暮らしたのはたったの四日だ。一年も僕を地獄に落としたんだから、一カ月くらいの試験期間を僕に、いや、僕らにくれてもいいと思うが」

今やトレーシーはぶるぶる震えていた。「でも、それでは、あなたに悪いわ」

「僕にとって何がよくて何が悪いかを決めるのは、君ではない」彼はぴしゃりと言った。「結婚というのは、セックスがすべてではないからね」

「でも、大事な部分ではあるわ」だんだん立場が悪くなるのを知って、トレーシーはあせった。

「君も言ったように、タヒチで過ごした二カ月、僕らは情熱を分かち合った。君がどんな問題を抱えていようと、それはベッドでお互いをわかり合うこととはまったく関係がない。今の君の問題の根本は、どうやらもっと深い部分にあるようだ。だからこそ、その原因を知るために、一カ月だけ猶予が欲しい。そして一カ月後、君が今と同じ気持ちなら、君を自由にしよう」

ジュリアンははっきりと約束した。

ルイーズが、本当に強くなれるかとたずねたのは、こういうことだったのだ。どうやら、トレーシーは強くならざるをえないらしい。ジュリアンは必死に闘っている。

でも、必死なのはわたしだって同じ。

「わかったわ。じゃあ明日、ドクター・シモンズの回診が終わったころ迎えに来て。荷造りをして、みんなにさよならを言っておくわ」

トレーシーが突然気を変えたことに驚いたとしても、ジュリアンの表情に変化はなかった。「わかった。九時にまた来る」

「ジュリアン……ここの費用だけど、たとえわずかでも、父が残してくれたお金を使ってほしいの」

「僕はまだ君の夫だ」ジュリアンは残酷にもその事実を思い出させた。「結婚しているあいだは、僕が責任を持つ。僕は君を愛し、慈しみ、守り、病めるときも、すこやかなるときも君に尽くすと誓った。そしてその誓いは何があっても破るつもりはないよ、トレーシー」

わかっているわ、ダーリン。わかっている。廊下の奥に消えていくジュリアンを見つめながら、トレーシーは心の中で叫んだ。でも、それは不可能なの。

3

透き通った秋の空気に、ジュネーヴ湖の匂《にお》いがいつになく強く漂っていた。ジュリアンの運転するフェラーリは、クリニックの門に向かって並木道を疾走した。

幹線道路に出ると、彼はトレーシーが忘れられない男らしい優雅な動きでギアを切り替え、アクセルを思いきり踏み込んだ。どんなに猛スピードで逃げ出そうとしても、クリニックと、それにまつわるつらい記憶からは逃げきれないと伝えるように、フェラーリがなめらかに加速した。

今朝、ジュリアンは九時きっかりに病院に到着すると、退院の手続きをすませた。トレーシーが自分のものであるかのようなふるまいに、彼女は警戒心をつのらせた。彼は敵にまわすと恐ろしい相手だ。きっと、あらゆる手段を使って、彼女の気持ちを変えさせようとするだろう。だが、彼はわかっていない。何があってもトレーシーの気が変わることはないし、彼のどんな努力も無駄に終わるのだ。それがわかっているだけに、トレーシーはつらかった。

彼女は少し斜めに座って、ジュリアンを視界の外に置くと、落ち着いた雰囲気の静かで美しい住宅地を貪《むさぼ》るように見つめた。日曜の朝、あちこちの教会が打ち鳴らす鐘の音が、街じゅうに響き渡る。ローザンヌは常に彼女の理想の街だった。文化的で優雅。そして十代のころ夢見ていた白馬に乗った王子様が、初めて姿を現した街でもある。そしてその王子様は今、彼女のすぐ隣にいる。ちょっと手を伸ばせば、彼の温かい肌に触れることもできる。だが、それを実行する勇気は今のトレーシーにはない。

彼をそんなふうに思うことは、二度と許されないのだ。

街を見下ろす巨大な大聖堂まで来たとき、ジュリアンは車を北に向けた。トレーシーは不安になった。

「シャトーに行くのはこの道ではないわ!」

「朝食を食べに行こうと思って」

「その必要はないわ。おなかはすいていないから」

「だが僕は、この一年で初めて空腹を感じているんだ」低いが有無を言わせぬ口調だった。「〈ヘシャレー・ド・アンファン〉に予約を入れておいた。君はあそこから見る山の景色が大好きだっただろう?」

彼の言うとおりだ。結婚する前、ふたりはよく船遊びの帰りに、レマン湖を見下ろすこぢんまりしたそのレストランを訪れたものだった。そこからは、鏡のような湖面の向こうにそびえるフランス・アルプスの山々が見渡せる。

その場所でふたりはよく蜂蜜《はちみつ》を塗ったクロワッサ

ンを頬張り、湯気の立つココアを何杯も飲みながらおしゃべりをした。ジュリアンといると時間があっという間に過ぎて、今のこの時間が永遠に続いてくれたらと願った。

その気持ちは今でも変わらない！

思い出がもたらす痛みに耐えかねて、トレーシーはジュリアンに、車で待っているから、ひとりで食事をしてきてと頼もうとさえ思った。だが、ふとルイーズの言葉が浮かんだ。

彼を説得したかったら、すっかり元気になって、自分の人生を自分の手でコントロールできるということを納得させなくては。

このお芝居を三十日間も続けるなんて……。

トレーシーは思わず目を閉じた。最初の日だというのに、すでに拷問にも等しい苦しみを味わっている。

フェラーリのスピードが落ち、ギアチェンジの音がして、やっと静かな田舎家《シャレー》の車道に入ったことに気づいた。新しく始まった悪夢から、現実の世界に戻ったのだ。ジュリアンが車から降りて、彼女に手を貸そうとした。ところが、トレーシーの顔が真っ青なことに気づいて、口元に悲しみと腹立ちの入りまじった苦しげな笑みを浮かべた。

トレーシーは新たな罪の意識に押しつぶされそうだった。ジュリアンの悩みを終わらせるには、彼女だけが知っている真実を告げるしかない。だがそんなことをすれば、別の苦しみの扉が開き、彼は二度と立ち直れなくなってしまう。

何カ月ものあいだ、そのふたつを秤《はかり》にかけて、トレーシーはもがき苦しんだ。だが、やはり黙っているしかない。今の拒絶がジュリアンにとってどれほどつらいとしても、やがては現実を受け入れ、新しい愛を見つけるはずだ。

ジュリアンは人を愛する能力をあふれるほどに持

っている。だからトレーシーが永遠に彼の人生から姿を消したと知れば、きっとほかの女性が現れてその空白を埋めてくれるだろう。彼を愛し、次のミセス・ジュリアン・シャペールになることを望む女性が。彼の妻にふさわしい、そして彼が望んでいる家族を与えてくれる女性。もし彼が、魂をも破滅させるほどの真実を知らずに生きていければ、きっと新しい人生を切り開くことができるはずだ。

トレーシーが再婚することはありえない。ジュリアン以外の誰を愛せばいいのだろう。彼女にできるのは、仕事に打ち込んで世界中を飛びまわり、禁じられた記憶をできるだけ封じ込めておくことだけだ。

彼と距離をおきたい一心で、トレーシーは差し出された手を逃れるようにして車を降り、丸太造りのレストランに入った。レストランというより、僧院の厨房《ちゅうぼう》を思わせる、知る人ぞ知る隠れ家のような雰囲気を持った場所だった。

昔と変わらず、大きな暖炉の暖かい火が彼女を迎えてくれた。日曜の朝とあって、客はほかに一組だけだったが、誰もいないよりはましだった。

ジュリアンが椅子を引くのを待たず、さっさと近くのテーブルに腰を下ろした。それを見て、ジュリアンが顔をしかめた。だが、どんな表情も彼の美しい顔立ちを損なうことはない。トレーシーの胸がまた痛んだ。

薄暗いインテリアの中で、彼のオリーブ色の肌に微妙な影がよぎる。黒い瞳の中に暖炉の火が揺れて、男らしさがますます際立った。

彼が前に腰を下ろすと、そのがっしりした肩が、窓から見える景色の一部を遮った。そんな男性的なところに目を引かれる自分に気づいて、トレーシーはつと顔をそむけた。ふたりのあいだに存在する磁力には、いつも圧倒されていた。そして、この一年間の空白は彼のカリスマ的な力をいっそう強くしただけだった。

だが、ある事実のおかげで、もはやそんなふうにジュリアンを見ることは許されないのだ。これからは、距離をおき、家族の親しい友人のように見なさなくてはいけない。

ふたりが席につくやいなや、レストランの主人がやってきて、嬉《うれ》しそうにジュリアンに挨拶《あいさつ》した。ジュリアンはトレーシーにたずねることもなく、さっさと注文をした。習慣とは、なかなか変えられないものだ。ジュリアンは常にトレーシーに細心の注意を払い、黙っていても彼女が今、何を必要としているかわかるのだ。

わたしたちは今も信じられないほど息がぴったり合っている。そしてそれは、これからも変わらないだろう。テーブルの下で、拳《こぶし》を握りしめながら、トレーシーは心の中でうめいた。

オーナーがキッチンに引き上げたあとも、ジュリアンは椅子にゆったりと背を預けたまま、トレーシーを眺めていた。彼女はそわそわと唇を舌で湿らせると、病院での眠れない夜に考えていたことを話しだした。

「わたしが……入院していたあいだ、毎日がどんなに長くむなしいものだったか、あなたにはわからないでしょうね」

「それだって、僕が過ごした長くむなしい日々とは比べ物にならないと思うよ」その声に刻み込まれた痛みに、トレーシーは再び彼の苦悶《くもん》を垣間見た思いだった。

彼女は咳《せき》払いをして続けた。「でも、誤解しないで。みんなとてもよくしてくれたし、感謝もしているわ。もちろん……あなたにも。あなたがいなかったら、ここまで回復しなかったでしょうから」

「ああ、本当によかった」彼のかすれた声に、トレーシーの心は引き裂かれた。

「わたしが言いたいのは、クリニックにいたときのように、何もせずにぼんやりと暮らしてはいけないということなの。この一カ月をなんとかやっていくためにも、できたらあなたの会社で働きたいの。きっと、お役に立てると思うわ」

ジュリアンが鋭く息を吸って、椅子から身を乗り出した。たとえ目を合わせなくても、彼が恐ろしいほどの真剣さで見つめているのはわかった。

「君の能力については、疑問の余地がない。だが実を言うと、僕は一カ月の休暇を取ったんだ。だから、君と一緒に家にいる。ふたりで、あちこち出かけよう。間違っても退屈させるようなことはしないと約束する」

ジュリアンの口調には、トレーシーから一瞬たりとも目を離さないという固い決意が感じられた。

「そんな！」

彼女の声が、がらんとしたレストランに響き渡り、もう一組の客が驚いたように目を向けた。かすかだが、ジュリアンの眉がおかしそうに上がった。トレーシーが自分の失言に気づいたときは、すでに遅かった。昼となく夜となく彼と一緒にいることをどれほど恐れているか、知られてしまったのだ。

ジュリアンはこれまで懸命に彼女の弱みを見つけようとしていた。そして今、それを見つけたのだ。

トレーシーは勇気を奮い起こして、まっすぐジュリアンの目を見た。「ルイーズから聞いたわ。あなたがわたしのせいでずいぶん苦しんだことを。これ以上迷惑をかけるのは、わたしの良心が許さないの。だからお願い、何か役に立てるようなことをさせて。そうすれば、あなただって仕事に専念できるでしょう。わたしのことで長いあいだ会社をほったらかしにしてきたはずよ！　少しでもいいから、その埋め合わせをさせて。わたしはカリフォルニアの大学で語学を専攻したし、あなたの会社に勤めて、その後すぐに――」

「僕と結婚した」彼がきっぱりと言った。「僕らは出会ったその瞬間から、結婚したいと願った。ただ僕は、君が大人になるまで待たなくてはならなかったがね。だから、君もふたりの結婚を否定して、僕の知性を侮辱するようなまねはやめてくれ」

ええ、ダーリン。もちろん、そんなつもりはないわ。

トレーシーはめまいに襲われて、思わずテーブルの端をつかんだ。「わたしはただ、あなたがわたしを雇ったことが間違いではなかったと証明したいだけなの」

「会社は僕がいなくても、なんとかなるものさ。だから僕にとって最も大事なのは結婚生活だ。この結婚をもとに戻すためなら、僕はなんだってする」

再びトレーシーはうめいた。どうやら事態は想像していたよりずっと悪い。

彼女はぐっと唾《つば》をのみ込んだ。「前にも言ったけれど――」

「ああ、わかっているよ、トレーシー」ジュリアンが冷たく遮った。「だから、僕が頼んでいるのはたったの三十日だけだ。君だって同意しただろう」

「したわ。でもまさかあなたがわたしのために〈シャペール〉まで危機にさらすなんて思いもよらなかったから。そんな必要はどこにもないのよ。一緒に働けばいいんですもの。前みたいに」できるだけ明るく言ったつもりだったが、うまくいかなかった。

「だめだね」ジュリアンが吐き捨てるように言った。トレーシーはタヒチで過ごしたハネムーンを思い出した。決して行ってはいけなかったハネムーンを。

「ローズが君の事故のことを知らせてくるまで、君は自分の好きなように行動した。だから、今度は僕の番だ」彼の強いまなざしに、トレーシーは身震いした。「もしそれが気に入らないのなら、クリニックに戻るんだな。どちらにするかは、君次第だ」

ふたりのあいだに緊張が走った。「あそこには戻れないわ」わたしはあなたから逃げなくてはならないのよ。あなたの生活から。それも永遠に。

ジュリアンの目にかすかな満足の表情が浮かんだ。「よかった《ビアン》。じゃあ、朝食を楽しむことにしよう。いいね？」

ありがたいことに主人が注文の品を運んできたので、トレーシーは返事をせずにすんだ。たっぷりある朝食を、彼女は無理やり口に運んだ。食べないと、まだ何か隠していることを彼に勘づかれてしまう。

トレーシーが離婚を望むのは、明かしたくない何か別の理由があるからだと、ジュリアンも気づいている。だが、これまでの説明で引っ込むような彼ではなかった。ジュリアンはいつか必ずその理由がわかる日が来て、妻を取り戻せると信じていた。

トレーシーはなんとしても彼を納得させなくてはならない。彼女が本気でジュリアンとは一緒に暮らせないと思っていることをわかってもらうのだ。

それは祈りにも似た思いだった。こうして今、彼と共にいると、なおさらこう祈らずにはいられない。

〝どうかお願いです、ここを切り抜けるだけの知恵と、力を授けてください〟

ジュリアンは二個目のクロワッサンに手を伸ばした。この成り行きに、ひとまずほっとしているらしい。二杯目のコーヒーを飲み終えたところで、彼は上目づかいにトレーシーを見た。「君が消えた理由がなんであれ、ローズに連絡する前の長いあいだ、どうやって見つからずにすんだんだ？」

トレーシーはこの質問をいつされるかと思っていた。もし立場が逆だったら、トレーシーはジュリアンを質問攻めにしていただろう。ジュリアンの忍耐強さは、尊敬に値する。だからこそ、トレーシーもきちんと返事をしなければならない。

「ロンドンに行くくらいのお金はあったわ。そこでいい勤め口を見つけるつもりだったの。でも、紹介状のない人間など誰も雇ってはくれないわ。やっと見つけたのが、臨時の子守り。もとからいた子守りが入院したから、穴埋めに雇われただけで、その人が退院したとき、どうしようもなくなってローズ伯母様に連絡したの」

話が進むにつれ、彼の顔が仮面のように無表情になっていった。カップを下に置き、彼はたずねた。「君はサンフランシスコの〈シャペール〉にも戻らなかった。弁護士を通して、僕に離婚届を送る以外、いったい毎日どうしていたんだ?」

その質問にトレーシーの心がまた痛んだ。「それが……よく覚えていないの。ガトウィック空港で飛行機に乗ったところまでは覚えているんだけど。きっと、ローズ伯母様がどこかに家を探してくれたんじゃないかしら……誰にも見つからないところを」

「僕が捜し出せない場所、ってことか」ジュリアンがぼそっと言った。「君の姉さんさえ、居場所を知らなかった」

彼の言葉のひとつひとつが、トレーシーを苦しめた。「ローズ伯母様の話では、わたしは通りを渡っていて車にはねられたそうだけど、なぜかその前の記憶がすっぽり抜けているの。昨日まで、離婚が成立していなかったことさえ知らなかったわ」

彼女が話し終わると、ジュリアンはゆっくり立ち上がり、まばたきもせずにじっと見下ろした。「あんな状況で、僕が離婚に同意すると思っていたなら、君はまだ僕という人間がわかっていないようだ。だが、それもこれからは変わっていくさ。さあ、家に帰ろう」彼は乱暴にナプキンをテーブルに投げた。

家?

ジュリアンのシャトーはもうわたしの家ではない。トレーシーはそれでも素直にうなずいて、彼が手を差し出す前に、さっさと立ち上がった。ジュリアンが支払いをすませるあいだ、外に出て、秋の空気を胸いっぱいに吸い込んだ。木々に囲まれた山のふもとどあって、空気はいっそう冷たく感じられた。

ずっと昔、サンフランシスコで買い求めたニットのワンピースと、紺のジャケットは、この季節にぴったりだった。トレーシーはゆったりしたジャケットの襟を立てて頬を隠すと、ジュリアンを待った。

昏睡《こんすい》状態から抜け出してからというもの、服はどれもこれもぶかぶかになった。ドクター・シモンズによれば、きちんと食事をとりさえすれば三カ月でもとに戻るということだった。

そして今、彼女がしたいことといえば、軽い運動だった。新鮮な空気は刺激的で、疲れて倒れるまで、森の中を散策してまわりたいと思った。だが、ジュリアンがそばにいては、それもできない。

もう、ひとりにはなれないのだ。

「少し歩こうか？」ジュリアンが慣れた仕草でトレーシーの肘を取った。まるで心の中を見透かされているようだった。かつてそれが親密な行為に移る前奏曲だったと気づいて、トレーシーは気が変になりそうになったが、どうにかして耐えた。

「そうしたいなって思ったけれど、なぜかとても疲れていて。きっと昨日の晩、眠れなかったせいね。疲れすぎはいけないと、お医者様からきつく言われたの。よかったらシャトーに戻って休みたいわ」

ジュリアンの動きが止まった。彼はどちらにするか迷っているようだった。

だが意外にも、自分の意見を押し通そうとはしなかった。トレーシーは彼が小さく悪態をついたのを聞いた気がした。その瞬間、ジュリアンがどれほど彼女を抱きしめ、キスしたい衝動に耐えているかを悟った。

食事のあいだも何度か、彼の目に欲望の炎が燃え上がるのを見た。昔のトレーシーだったら、そんなふうに見つめられただけでも、体が溶けてしまいそうになっただろう。だがそれは、彼女が何も知らずにいたころのことだ。あれから、すべてが変わってしまった。今は、身が引き裂かれそうな気分だった。

ふたりは黙って車に向かった。足元でかさかさ音をたてる落ち葉が、鳴り響くトレーシーの心臓の音を消してくれた。車に乗り込み、ジュリアンがエンジンをかけるまで、彼女は身を硬くしていた。

山道に入る前に、ジュリアンが低い声で言った。

「なんという《モン・デュー》ことだ。真っ青じゃないか。具合が悪いなら、なぜそう言わなかったんだ?」

怒りの言葉の裏に、彼女を案ずる響きがこめられていた。何事にも、まずは彼女の望みを優先させるジュリアンだ。今の彼は、以前にも増してトレーシーの身を案じているようだった。そんなことが可能だろうか。

だめ、こんな状態は続けられない。突然、そんな思いがトレーシーの中にわき上がった。三十日ものあいだこんなことをしていたら、ふたりともだめになってしまう。現にたったの二時間で、お互いを惨めな状況に追い込んでいる。

彼に真実を告げられないからには、残る手段はただひとつ。一週間以内に、なんとかしてどこかの尼僧院にでも逃げ込むしかない。ジュラ山脈の山奥に、そんな場所があるのは知っている。行き場のない女性が最後に駆け込むところで、尼僧たちは何もきかず、立ち直るまで黙って面倒を見てくれるという。

さすがのジュリアンもそこまでは捜さないだろう。チャンスを待って、街に戻る配達のトラックの後ろにもぐり込んでもいいし、ヒッチハイクという手もある。とにかくジュリアンから逃げられるなら、どんな方法でもいい。

そして、今度こそ永遠に彼の前から姿を消す。

「つまらないことは考えるな、トレーシー」驚いたことにジュリアンは彼女の心をちゃんと読んでいた。「僕らはお互いに譲歩して、約束を交わした。たとえ僕と一緒で二十四時間苦しむとしても、約束だけは守ってもらう。逃げるなんてことは、考えないほうがいい。そんなことは二度とさせない」

トレーシーは絶望に駆られて叫んだ。「でもジュリアン、わたしにはひとりの時間が必要なの」

一瞬、ハンドルを握るジュリアンの長い指が彼女の首に巻きつく場面が思い浮かんだ。

「寝室は一緒にしないと約束したはずだ。だが、譲歩はそこまでだ」

まるで神聖な誓いを立てたみたいだわ。

クリニックを出たこと自体が間違っていたのだ。自分の強さを過信していた。ふたりのあいだを引き裂くはずの大きな秘密を抱えたまま、どうして一緒にいられると思ったのだろう。

ふたりはあまりにも親密で、あまりにもたくさんのものを分かち合ってきた。だが、秘密が明らかになれば、ジュリアンのみならず、双方の家族が永遠に立ち直れなくなる。

だったら、あとは食事を断つことだけだ。そうすれば、またクリニックに戻れる。主任医師のドクター・シモンズがジュリアンに、今のトレーシーにとって最も大事なのは、まず体重をもとに戻すことだと説明していた。ジュリアンはトレーシーをシャトーに引きとめるためにはなんでもするだろうが、彼女の具合が悪くなれば、クリニックに戻すことをためらうような人ではない。

クリニックに戻ったら、じっと機会を待って逃げる。病院の職員たちとは、かなり親しくなったから、力を貸してくれる人だっているに違いない。

いったん心が決まると、それからのドライブもだいぶ気が楽になり、瀟洒《しょうしゃ》なシャトーの敷地内に入るころには、会話のひとつやふたつも交わせるようになった。

だが、シャトーが彼女のうちに引き出した感情は、予想以上に大きなものだった。子どものころ、このお伽噺《とぎばなし》に出てくるような屋敷を初めて見たときの思い出が、一気に押し寄せてきた。お伽噺に王子様は欠かせない。トレーシーはそんなことをよく、一歳年上のイザベルに打ち明けたものだった。

グリム童話で育った姉も、妹と同じような夢を見ていた。幼いふたりの少女は、両親のあとについて、目を丸くしてシャトーに入っていった。内部はまるで『眠れる森の美女』に出てくる城のように、大きな絵や、古い家具があちこちにあった。

背が高く、暗いブロンドに鋭い茶色の目をした、魅力的なアンリ・シャペールが、一家を出迎えた。彼が妻のセレストを紹介するあいだ、トレーシーは彼のデスクの上に飾られた家族の写真を見ていた。そしてその中にあった若者の写真に釘《くぎ》づけになった。

会話の端々から、それがイギリスの大学に入学したシャペール家の長男ジュリアンだと知った。シャペール家にはほかに、弟ジャックと妹アンジェリークがいたが、トレーシーにとってはジュリアンこそが、夢に見た王子様だった。

姉のイザベルもまた、同じ思いだった。ふたりは毎年、二カ月のローザンヌ滞在からアメリカに戻るたびに、ジュリアンへの夢をふくらませた。

そして運命の時が来た。トレーシーが十七歳になったばかりのとき、王子様が思いがけなくシャトーに姿を現したのだ……。その思い出に心をかき乱され、トレーシーはうめいた。これからも、生涯つきまとうだろう思い出だった。

ジュリアンにも聞こえたはずだが、彼は何も言わず、車から降りるトレーシーに不思議なほど他人行儀な態度で手を貸しただけだった。どうやら、彼女が二度と自分の世界から逃げ出さないという確信を持ったようだった。

階段を上るときに軽く肘を支えられたが、今度ばかりはトレーシーもそれをありがたく感じた。膝ががくがくして、とてもひとりでは歩けそうにない。

「よかったら、以前使っていた部屋を使いたいわ」

「悪いが、あの部屋はふさがっている」彼の答えはそっけなかった。

きっとローズが使っているのだろう。あるいは、〈シャペール〉の誰かが滞在しているのか。トレーシーはそうであることを願った。なんであれ、ジュリアンの注意を少しでも引き離すものなら、すべて歓迎だった。

「当分のあいだ」ジュリアンが続けた。「君には、三階の僕の隣の部屋を使ってもらう」

トレーシーは悲鳴をあげて拒絶しようかと思った。しかし彼女が客や、すべての使用人の度肝を抜いたとしても、ジュリアンはいっこうに気にしないだろう。いや、むしろ喜ぶかもしれない。妻がまだ自分をコントロールできる状態ではないと、すべての人間が知ることになるのだから。

大きな扉が開き、天井が高く、壁一面タペストリーで覆われた広い玄関ホールに入ると、小太りで赤毛の家政婦のソランジュが姿を現した。両腕をいっぱいに広げて、駆け寄ってくる。それを見て、トレーシーの心に温かいものがこみ上げた。

「神様に感謝します《グラース・ア・デュー》」老女は喜びの声をあげた。「やっとお戻りになったのですね。それにしても、なんとお痩《や》せになったのでしょう。でも、ご心配には及びません。料理人とわたしがすぐに太らせてさしあげますからね。さっそく、あなたの大好物のお菓子を焼いておきましたよ」

自分の立てた計画を思って、トレーシーは深い罪の意識に駆られた。せっかく心をこめて作ってくれたのに、それを拒否したら、どれだけみんなが傷つくだろう。トレーシーはあわてて礼を言うと、一刻も早く自分の部屋に行って休みたいとジュリアンに告げた。

その言葉を待ちかまえていたかのように、ジュリアンは彼女をさっと両手に抱き上げ、古い石の大階段を上りはじめた。

「下ろして!」彼女は頭をそらしてふたりの顔が触れ合うのを避けながら、ソランジュに聞こえないように声を落として言った。

「今、下ろしても、君はちゃんと立つこともできないと思うよ。力を抜いて、かわいい人《ミニヨンヌ》。ここは君の家なんだ。僕が何もかも面倒を見るから、貴重なエネルギーを、僕と喧嘩《けんか》することで使わないでくれ」

彼の言うとおりだ。トレーシーは疲労が限界に来ているのがわかった。

タヒチから戻ったばかりのときも、こうしてジュリアンに抱き上げられて寝室まで運ばれた。ただ、あのとき、ふたりの唇は一瞬たりとも離れることがなかった。なのに今のトレーシーには、ぐったりと彼の肩にもたれかかり、疲れて眠り込んだふりをすることしかできないのだ。

実際のところ、演技する必要はなかった。ジュリアンの深い声が、彼女の記憶をよみがえらせたあのときから、トレーシーの疲労は極限に達し、今はただ横になりたいだけだった。

自分の寝室に続く優雅な部屋に入ると、ジュリアンはそっと彼女をシルクのシーツの上に下ろした。

「ゆっくり眠るんだよ」彼はささやいて、そっとトレーシーの額にキスをした。そのあまりのやさしさに、彼女の心はもう少しで崩れそうになった。

そのあとは、靴やジャケットを脱がせる彼の温かい手と、熱い頬に触れるシルクのシーツのひんやりとした肌触り以外、何も覚えていなかった。

4

目が覚めると、細長い窓から斜めに差し込む光が、かなり時がたったことを告げていた。時計を見ると四時半を過ぎていた。

それほど長く眠っていたのも驚きだが、ジュリアンがそばで監視していなかったことのほうがもっと驚きだった。カバーをはねのけ、天蓋《てんがい》つきのベッドから急いで起き上がってあたりを見まわすと、眠っているあいだに、彼女の荷物が運び込まれ、すべてが収まるべき場所に収まっているのがわかった。

厚い東洋の絨毯《じゅうたん》を踏みしめてバスルームに入り、さっとシャワーを浴びたあと、十七世紀に作られた大きな衣装だんすから、ジーンズとブラウスを取り出して身につけた。事故後、自分で服を着られるようになってからは、それが制服みたいなものだった。今では背中まで伸びた金髪を紺のシフォンのスカーフでまとめ、ローファーに足を入れると、ローズ伯母を捜しに部屋を出た。

伯母にはききたいことが山ほどある。ことに、母親の姉である伯母が、なぜジュリアンの肩を持って、トレーシーの願いを無視し、彼女をこんな状態に追い込んだのか、そのわけが知りたかった。

一年ぶりとはいえ、シャトーの内部は目をつぶったまま歩けるほど知り抜いている。子どものころ、ジュリアンの弟や妹と、ありとあらゆる廊下や部屋を駆けまわったのだ。部屋がずらりと並ぶ廊下から、中央の大きならせん階段が一階まで通じている。

トレーシーは素早く階段を下りて二階に行くと、伯母を捜した。今の時間なら、きっと部屋でお茶を飲んでいるはずだ。それが彼女の習慣だから。

どこからか赤ん坊の泣き声が聞こえて、トレーシーは歩調をゆるめてあたりを見まわした。ジュリアンの知人の誰かが子ども連れで滞在しているらしい。

泣き声は、甥《おい》のアレックスにしては幼すぎる。それにもしイザベルとブルースが滞在しているなら、ジュリアンがそう言ったはずだ。

ジュリアンの妹のアンジェリークにはまだ子どもがいないはずだが、わたしが知らないあいだに、生まれたのかもしれない。

不思議に思いながら廊下を進むと、ひとつの部屋から、いっそう激しくなった赤ん坊の泣き声がもれてきた。続いてフランス語で必死になだめる女性の声が聞こえる。トレーシーはなぜか本能的に、かつてはイザベルが滞在していた部屋をノックした。

どうぞ、という返事に、ドアノブをまわしたとたん、トレーシーはショックのあまり戸口に立ちつくした。部屋はすっかり様変わりして、太陽のように明るい色で統一された、すばらしい子ども部屋に変わっている。

いったい、これはなんなの？

どういうこと？

シャトーの部屋をここまで改装するなんて、誰の子どもなのかしら？

クリニックの職員を思い出させる服装をした四十代の女性が、生後五、六カ月の女の子を抱いていた。礼儀正しく挨拶《あいさつ》をしたものの、子どもに気を取られて、話すどころではなさそうだ。

トレーシーは何がなんだかわからず、女の子のカールした黒髪と、完璧《かんぺき》な卵形の顔立ちに視線を移した。丸い頬は涙に濡《ぬ》れ、紅潮していた。これほどかわいい子は見たことがない。

白いシャツに紙おむつをつけ、手足はぽっちゃりしている。トレーシーは思わず抱きしめたくなった。

いつの間にか部屋に入って、女の子に近づいた。

そのとたん、胸をナイフで刺されたかのような痛みが走った。

トレーシーは赤ん坊をじっと見た。オリーブ色の肌。握りしめた手の長い指。そこには、トレーシーが心の底から愛した男性の面影があった。

ジュリアン。

トレーシーは息をのんだ。

遺伝子はごまかせない。この子は間違いなく、ジュリアンの子だ。自分の子どもでもなければ、誰がこれほどまでに贅沢《ぜいたく》な部屋を用意するだろうか。

この子はジュリアンの娘なのだ。

わたしがいなくなったあと、別の女性ができたんだわ。いったい誰？　わたしの知っている人？

トレーシーの胸を再び痛みが襲った。今度の痛みは嫉妬《しっと》だった。彼女にとって初めての経験だ。

なぜジュリアンはわたしとの離婚に同意しないのだろう？　ジュリアンの子どもを産み、その子がシャペール家の子として育つことを許すほどに彼を愛する女性がいるというのに。

待っている女性がいながら、三十日ものあいだ、わたしと一緒に住むことを主張するなんて、ジュリアンはどういうつもりなの？

だが、その答えはすでにわかっている。ジュリアンは名誉を重んじる人で、残酷なほど正直だ。だからトレーシーが昏睡《こんすい》状態を脱したとき、自分が離婚を承諾する前に、彼女が本当の気持ちを見きわめる最後のチャンスを与えようとしたのだ。

それ以上、その子を見ていることができなくなって、トレーシーはあわてて戸口に向かった。

ふたりの愛が禁じられたものである以上、少し時がたてば、きっとこれでよかったのだと思えるようになるだろう。

けれども、今はとても耐えられない。部屋を飛び出そうとしたトレーシーは、戸口に立っていたジュリアンにぶつかった。彼の魅力的な顔には、暗く謎《なぞ》に満ちた表情が浮かんでいた。

ジュリアンが差し出した手から逃れるように、トレーシーはあとずさりをした。彼に触れられるのが我慢できなかった。触れられれば、今でも肌が燃え上がるのはわかっていた。

「わたしがいないあいだ、ずいぶんお忙しかったようね」トレーシーは乳母にわからないように英語で言った。責めているように聞こえるのはいやだったし、そんな権利がないのもわかっていた。なのにその声には、夫の裏切りを知った妻のように嫉妬がにじみ出ていた。

「まあね」まるで人ごとのような口調で、罪悪感のかけらもない。ジュリアンはフランス語で、子守りの女性に子どもを連れてくるよう命じた。

クレールと呼ばれた女性は泣き叫ぶ子どもを彼に預けると、ほっとしたように部屋を出ていった。

子どもはすぐに泣きやんで、ジュリアンの肩に頬を寄せた。そここそが彼女の居場所で、求めていたのは父親の愛情だとでも言わんばかりに。

ジュリアンがその子をどれだけ愛しているか、彼の瞳に宿る光を見ればわかった。子どもの髪をまさぐる手つきや、やさしく頬ずりする仕草には、紛れもない愛が見て取れた。

「誰なの、ジュリアン？」

彼は長いこと、じっとトレーシーを見つめていた。「この子の名はヴァレンタイン」低く、かすれた声だった。「二月の十四日に生まれたのでね」

トレーシーの口から押し殺したような叫びがもれた。「子どもじゃないわ。その子の母親のことよ」

ふたりのあいだに緊張した沈黙が流れたあと、ジュリアンがたずねた。「誰だと思う？」

「知らないわ」トレーシーの声は震えていた。

一瞬、ジュリアンの瞳に悲しげな表情が浮かんだが、彼はすぐに目を閉じて言った。「この世で最も美しい人だ。僕が愛したただひとりの女性」

あまりの残酷さに、トレーシーは思わずうなだれた。彼に娘を与えたその女性に、それほどの愛を抱いているなら、なぜわたしに固執するのだろう。

「この子をよく見てごらん。とくにエメラルド色の瞳や、薔薇《ばら》の蕾《つぼみ》のような唇を。そうすれば、母親が誰か、すぐにわかるはずだ」

トレーシーは狐《きつね》につままれたようにまばたきをした。エメラルド色の瞳？　薔薇の蕾のような唇？　それはジュリアンがわたしを形容するときに使う言葉では……。

トレーシーはぱっと顔を上げ、問いただすようにジュリアンを見つめた。

彼の顔が曇った。「ルイーズが君にローズの写真を見せたとき、君は彼女を思い出した。だから、実際にヴァレンタインを見れば、きっとこの子が僕らの子だとわかると思ったんだ。僕と君の子だと」

「わたしたちの子？」うめくような声とともに、トレーシーがよろめいたので、ジュリアンは彼女を椅子に座らせた。

「そうだよ、かわいい人《ミニヨンヌ》。僕らの子だよ。ヴァレンタインは今、六カ月だ。計算してごらん、この子はハネムーンベビーなんだ」

「でも……そんなこと、ありえないわ」ショックのあまり、ほとんどささやくような声だった。

「そのありえないことが起きたんだ。嘘《うそ》だと思うのなら、サンフランシスコのヒルヴュー病院に問い合わせてみるといい。この子を取り上げた医者の名は、ベンジャミン・ラーニッド。さあ、よく見るんだ。君に瓜《うり》ふたつだろう」

笑顔といい、透き通るような瞳といい、君に瓜ふたつだろう」

トレーシーは信じられないというように首を振り、彼の膝の上の赤ん坊をじっと見つめた。奇跡としか言いようがないほど美しい子だった。

ヴァレンタインの中に、紛れもないマーシュ家とシャペール家の特徴を認め、彼女は体を震わせ、一度、二度としゃくり上げた。その子は間違いなくわたしの子だ。そしてジュリアンの……。

「いや！」その事態の重さがトレーシーに大きな衝撃を与えた。「いや……」彼女は苦悩のささやきをもらした。一刻も早くこの部屋を出たい。

トレーシーの苦痛が伝わったのか、ヴァレンタインがわっと泣きだし、父親の首にしがみついた。

「なんということだ《モン・デュー》――トレーシー、戻るんだ！」ジュリアンの声は不安でうわずっていた。だがトレーシーは、あっという間に三階の自分の部屋に戻ると、バスルームに入って鍵《かぎ》をかけ、鏡で自分の体を調べはじめた。

手足に交通事故の傷跡がくっきりと残っていたので、下腹部の傷が何を意味するか考えたこともなかった。

「ああ、神様！」医師のメスによってできた薄いピンク色の手術跡を見て、トレーシーは叫んだ。

きっとあの子は、事故の前に生まれたに違いない！

だが、ヴァレンタインを産んでおいて、覚えていないなんてことがありうるのだろうか？

クリニックでルイーズが、トレーシーはすべての記憶を取り戻したわけではないと認めたのを思い出した。彼女は時が来て、自然に思い出すのを待つのが一番いいと言っていた。ああ、わたしにはわからない……全然覚えていない。

「トレーシー？」寝室からジュリアンの声が聞こえた。「トレーシー……ショックだったのはわかる。ここを開けてくれないか。話があるんだ」

ジュリアンが退院にあたって、こんな取り引きをしたのはそのためだったのだ。

トレーシーの子がシャトーで母親の帰りを待っているのを、彼は知っていたからだ。絶対に生まれてきてはならなかった子が。

欠陥や問題を抱えて生まれてきたかもしれない子だ。トレーシーは考えるのも耐えられなかった。

涙が頬を濡らした。トレーシーはタオルに顔を埋《うず》めて、嗚咽《おえつ》を押し殺した。「あっちへ行って、ジュリアン」彼女は激しくすすり泣きながら、懇願した。

「そんなことできないよ、僕の愛する人《モナムール》。ヴァレンタインの存在を知った以上、ほかのことも知る必要がある。今度はそうショックではないはずだ」

トレーシーは顔を上げた。「ほかのこと？　まだ何かあるっていうの？」

「さあ、ドアを開けて。そうすればわかるから」

だが、ジュリアンと共にこの世に新たな命を誕生させたことを知ったあとでは、鍵を開けるだけの勇気は出なかった。ドアに寄りかかって、立っているのがやっとだった。

そのときだった。トレーシーの耳はヴァレンタインの声を聞き取った。でも、ほかの赤ん坊の声も聞こえたような気がした。きっと、幻聴に違いない。

ジュリアンが相変わらず、やさしく、なだめるように話しかけるあいだ、トレーシーは耳をそばだてた。

「僕らは君が出てくるまでここを動かないよ、トレーシー。ドアを開けてくれ。ラウルとジュールはずっとママに会うのを待っていたんだ」

ラウル？　ジュール？

その名がトレーシーの頭の中に響き渡ったとたん、もうひとつのダムが決壊して、最後まで封印されていた記憶が恐ろしい勢いであふれ出た。病院の未熟児室でいっせいに泣きわめく赤ん坊たち。予定より一カ月早く生まれた三つ子だ。

ジュリアンが生涯知るはずもない、トレーシーがひとりで名付けた赤ん坊。正常であるはずのない子どもたち。

「トレーシー！」

ジュリアンの差し迫った声を聞いても、トレーシーは動けなかった。体は完全に麻痺《まひ》していた。

稲妻がすべてを照らし出すように、あらゆる記憶がよみがえった。三つ子を身ごもったと知ったこと。イギリスを飛び立って、カリフォルニアにあるローズ伯母の知人の別荘で数カ月を過ごしたこと。トレーシーは無事子どもを産み、夜となく昼となく乳を与え、おしめを取り替えては、何があってもジュリアンの助けを借りず、この子たちを育てようと決心したのだ。

わたしの子どもたち。たとえようのない愛と温かさが、体を突き抜けていく。五カ月ものあいだ、わたしはかわいい子どもたちから離れていた。そのあいだ、誰かが母親に代わって育てた。

だが、愛は十分にもらっていたはずだ。ジュリアンがいつもそばにいて、すばらしい父親の愛で、子どもたちを包んでくれただろう。もしわたしが――。

あのタクシー！

トレーシーは子どもたちを病院から連れて帰った日のことを思い出した。彼女はローズ伯母と激しく言い争った。伯母が子どものことを告げずにジュリアンと離婚することに真っ向から反対したから。

伯母の車のドアを乱暴に閉め、通りに降り立ったとたん、右側からふいにオレンジ色のタクシーが現れた。その後は、すべてが闇《やみ》となった。

そして今、あのときと同じ闇が彼女を包んだ……。


「ルイーズ！」

「こんにちは《ボン・ジュール》、トレーシー」

トレーシーが目を覚ましたとき、真っ先に目に飛び込んできたのはジュリアンではなくドクター・シモンズだった。そして今度はルイーズだ。

昨夜クリニックの主任医師であるドクター・シモンズの診察を受けたあと、トレーシーはジュリアンに会うことも話すことも拒否した。おそらくジュリアンがルイーズを呼び寄せたのだろう。トレーシーが彼女を頼っていたのを知っていたからだ。

年上の女医は、寝室に入るとドアを閉めた。

「ここで何をしてるの？」答えはわかっていたが、トレーシーは頭に浮かんだことをそのまままたずねた。

「バスルームに閉じこもるなんて、ずいぶんなことをしたものね」医師は諭すように言った。「おかげでご主人は、ドアを破って助け出さなくてはならなかったのよ。また昏睡状態に陥ってしまったのではという恐怖にとらわれてね」

胸を刺す新たな痛みに、トレーシーは震えた。

「夕方ドクター・シモンズが電話で呼び出されてここに着いたとき、ご主人はあなたと似たような状態だったそうよ」

トレーシーはルイーズの探るような目を避けてうつむいたが、ジュリアンが心配になって、ついにたずねた。「それで彼……今は大丈夫なの？」

「あなたはどう思うの？」

気まずい沈黙が流れたあと、トレーシーが口を開いた。「ルイーズ、わたしはもうここにはいられないわ！　ジュリアンは一緒にひと月暮らして、それでもわたしの気持ちが変わらなければ、離婚に同意するという条件で、クリニックから出してくれたの。きっと大丈夫だと思ったわ、でも――」

「でも、あなたは子どもが欲しくなかった。なぜなら、あなたは結婚向きではないから。そして三つ子がいると知って耐えられなかった」

「違うわ！」ルイーズの誤った見解に恐れをなして、トレーシーは叫んだ。

女医は驚くどころか、妙に嬉《うれ》しそうだった。ルイーズの巧みな誘導尋問に本心を暴露してしまったと気づいたときには、すでに遅かった。

「でも、ご主人はそう信じはじめている。わかるでしょう。彼から聞いたわ。あなたは坊やふたりを認めるどころか、顔を見ることすら拒んだそうね」

ルイーズはどう言えばわたしの心に触れるかよく知っている。トレーシーは上掛けをはぎ取って、ベッドから出た。彼女の部屋から見える湖の景色はとりわけ美しかったが、今トレーシーの目に映るのは、失神して意識を取り戻したあとに見たジュリアンの苦悩に満ちた顔だった。その表情と、彼女自身の苦しみが重なって、トレーシーの最後の壁が崩れた。頬に伝わる涙をぬぐいながら、彼女はルイーズの正面に立った。

「本当は、子どもたちを見るのが怖かったの」ヴァレンタインの中に見た強いシャペール家の特徴を思い出すと声が震える。

「ご主人にそっくりだから？　もう彼とは一緒に暮らしたくないと思っているから？」

「そうじゃないわ！」トレーシーの声が部屋じゅうに響き渡った。女医は何も言わなかったが、その目が、すべてを打ち明けるようにと促していた。しばらくしてトレーシーは言った。「とても子どもたちを正視できなかったの……あの子たちの中にジュリアンの父親の面影を見るのが怖くて」

「でも、それは当たり前のことでしょう。お祖父《じい》様なんですもの」

「いいえ、違うわ！　あなたはわかっていないのよ」トレーシーはうめいた。「だって、アンリ・シャペールは、わたしの父親でもあるんだから」

「まあ……」

ルイーズの短い言葉から、彼女がすべてを理解したのがわかった。トレーシーをまったく別の角度から見つめ、頭の中でこれまでのことを素早く整理しているようだった。

「ねえ、トレーシー、アンリ・シャペールというのは背が高くて目の鋭い、堂々とした人？」

「そうよ。なぜ知っているの？　写真を見たことがあるの？　それともわたしの息子たちが、そっくりだった？」

「いいえ、まだお子さんには会っていないわ。でもあなたの義理のお父様を描《か》いた絵は持っている。退院する前にあなたが描いてくれたの」彼女の声はやさしかった。

「えっ？」

ルイーズがうなずいた。「あれは動物ではなかったわ。猛禽類《もうきん》、そう、鷲《わし》の目を持つ男性の絵だった。これで何もかもわかったわ。あなたの悪夢に出てきたのは、まさしく彼よ」

トレーシーの頬にとめどなく涙がこぼれた。

「あの絵を見たとたん、ご主人じゃないのはわかったわ。それにあなたのお父様でもない。だってお父様の写真は伯母様から見せてもらっていたから」

「ただ、わたしの父は本当の父親じゃなかったの」トレーシーは脅《おび》えたようにつぶやいた。

ルイーズはスーツの上着のポケットに手を突っ込んだ。「この恐ろしい秘密は、アンリ・シャペールから直接聞いたのね。あなたたちがハネムーンから戻ったあとすぐに。そうでしょう？」

「ええ」

「だから、姿を消した？」

「そう」

「死ぬ間際の懺悔《ざんげ》ね？」

トレーシーは涙で顔をくしゃくしゃにして、うなずいた。「彼は母とのことを話すのすら、やっとだったわ。それにすぐに神父様が入っていらして」

ルイーズは椅子から立ち上がってトレーシーに近づいた。「ああ、なんと言って慰めていいか、わたしにはわからないわ。痛みを消す魔法の言葉でもあるといいのに」

「いっそ死んでしまいたいわ」

「気持ちはわかるわ」ルイーズの声には深い同情があふれていた。「夫婦として暮らしたあとで、愛する夫を兄として扱わなくてはならないなんて。やっと、あなたがなぜこれほど長いあいだ妊娠や出産の記憶を封じ込めていたかが理解できたわ。そこには罪の意識も加わるし。あなたは、ジュリアンを愛する男性としてしか見られないんですものね」

「ええ」泣き崩れるトレーシーを、女医がしっかりと抱きしめた。ルイーズには何もかもわかったのだ。

「でも、たとえどれほど苦しくても、まず考えなくてはならないのは、かわいい娘さんと息子さんたちのことよ。母親を必要としている三人の幼い子どもたちのために、生き抜くのよ、トレーシー」

トレーシーはしばらく肩を震わせて泣いていたが、やがて顔を上げ、ルイーズの腕から身を引いた。

「わかってるわ」

「血のつながっている兄と妹の結婚となれば、当然あなたは子どもたちがどこかおかしいのではないかと心配している、そうでしょう？　だから、まず小児科に診せて、その心配を片づけることね」

「ええ……今朝もそのことを考えていたの」

「そうよ、偉いわ。それに忘れないでほしいのは、その結果どれほどつらいことに直面することになっても、ハネムーンから戻ったときに受けたショックよりは、軽いということ」

「わたしも昨日の晩、その結論に達したわ」トレーシーは悲しげに言った。

「もうひとつ」ルイーズの厳しい視線がトレーシーにそそがれた。「この秘密をご主人に打ち明けることね。いいわね、トレーシー」

5

「そんなことできないわ！」トレーシーは激しく首を振った。

「だったら、彼には毎日が悪夢になるのよ」ルイーズが言い聞かせた。「それでは、あまりにかわいそうでしょう」

「でも、本当のことを告げたら、あの人、だめになってしまうわ。彼を取り巻くすべての世界が変わってしまうんですもの！　何もかもが変わって、二度ともとに戻れないのよ」トレーシーは絶望に駆られて言い返した。

「あなたが消えてからというもの、ご主人にとってはすべてが変わってしまっているわ。わからない？　あなたは彼のすべてだったのよ。あなたと、お子さんたちが」

「お願い、そんなふうに言わないで」トレーシーは懇願した。「離婚する夫婦なんて珍しくもないし、みんなそれなりに生きているわ」

「いいえ、あなたたちのように深く愛し合っている夫婦は別」

トレーシーはそれ以上聞きたくなかった。「そのうち、彼だって誰か愛する人を見つけるわ。愛することが許される人を」

「ご主人には知る権利があるの、トレーシー。そしてあなたには隠しておく権利はない。事実アンリ・シャペールとあなたのお母様が、秘密を打ち明けなかったばかりに、こんな悲劇が起きたのよ」

トレーシーは呆然《ぼうぜん》自失の状態に陥って、自分が何を話しているのかさえ気づかなかった。「わたしがシャトーに招待されなくなったのも当たり前ね」

「もう少し詳しく話してみて。そのあたりのことはあなたの記憶が戻らなかった部分で、まだ話し合ったことがないわ」

ルイーズがすべてを知った今、トレーシーも抜けた部分を補うことにはなんのためらいもなかった。

「……わたしの推測では、ジュリアンとわたしが惹《ひ》かれ合っているのを知って、母とアンリ・シャペールがわたしたちを引き離すために、家族の訪問を取りやめにしたの。ただイザベルだけは、一年のうち数週間だけアンジェリークと一緒に過ごすことを許されたわ。でもわたしは――」トレーシーは声をつまらせた。「二度と招待されることはなかった」よみがえる悲しみに、胸が鋭く痛んだ。「パパは知っていたのかしら」

「たとえ知っていたとしても、お父様のあなたへの気持ちが変わったとは思えないわ。それだけでなく、お母様のことも愛していらしたのよ。だって、許したんですもの」ルイーズは分析した。「そうに決まっているわ。そうでもなければ死ぬまで〈シャペール〉にいるはずがないでしょう」

トレーシーは震える手で涙をぬぐった。「あなたの言うとおりだと思う。今にして思えば、わたしたちがシャトーを訪れるのをやめたのはセレストの病気が理由と聞かされたけど、その話を信じたことはなかったわ。彼女はいつも具合が悪かったから、突然滞在客を迎えられなくなるというのも妙だと感じたのよ。アンリには、使用人が山ほどいたわけだし。ジュリアンにたずねたことはなかったけれど、彼だってきっとそんな口実は信じていなかったと思うわ。それよりジャックとわたしのことが原因で、家族が会わなくなったのだと考えていたみたい。家族も呼ばずに、ふたりだけで結婚式を挙げようとジュリアンが決めたのもそのせいなの。結婚の計画も出張でスイスを離れるまで、家族には黙っていたはずよ」

ルイーズは小さく首をかしげた。「とにかく、今こそ真実を明らかにするべきときだわ。そうしないと、ご主人を苦しめるばかりでなく、ご両親の罪をもっと大きなものにして、そのつけをあなたの子どもたちに払わせることになるのよ」

ルイーズの言葉にトレーシーは震え上がった。

「でもルイーズ、この問題はわたしとジュリアンのあいだだけですむものではないわ。お互いの兄弟姉妹も巻き込むのよ。こんなスキャンダルを知ったら、大西洋をはさんでたくさんの人々が大きな衝撃を受けるわ。今この秘密を知っているのは、あなたを除けばわたしひとり。だめ、そんな危険は冒せない」

ルイーズは首を振った。「ご主人が立ち直れないなんて思わないことね。それは、あなたもよくわかっているはずよ、トレーシー。わたしは、毎夜悪夢に苦しめられていたあなたを慰め、必死に看病するご主人の姿をずっと見てきたわ。彼のあなたに対する愛が、どんなことだって乗り越えさせるわ」

ルイーズはトレーシーの腕をやさしく押さえた。

「もし、あなたも彼を愛しているなら、すべてを打ち明けるの。ご両親はどちらも亡くなっているんだから、傷つける心配も、傷つけられる心配もないわ。世間の噂《うわさ》も、やがて消える。でもご主人を解放できるのは真実だけ。そうなって初めて彼はほかに愛する人を探せるわ――そう望んだらの話だけれど。とにかく打ち明けないと、罪もないご主人を一生牢《ろう》獄《ごく》に閉じ込めることになるのよ」

トレーシーは身を硬くした。「ジュリアンがこの秘密に耐えられると思っていたら、アンリがとっくに話していたはずよ。わたしにではなく」

「ばかを言わないの」ルイーズが力をこめて言った。「あなたからちょっと話を聞いただけで、わたしにはアンリ・シャペールという人がわかったわ。彼は身勝手にも、息子の尊敬を失わずにお墓に行くつもりだったのよ。あなたのお母様がすでにこの世にいない以上、彼女に秘密を打ち明けていいかたずねる必要もない。それに、あなたの性格も知り抜いていて、あなたが家族を打ちのめすくらいなら、死んでも秘密を守るということもわかっていた。考えてもごらんなさい！　事実、彼が死んだとたん、あなたは姿を消したじゃないの。彼に振りまわされていたのがわからない？　それは今も続いているのよ！」

両手をよじりながら、トレーシーはつい口にした。「わたしにはできないわ、ルイーズ。ジュリアンは父親をそれはそれは尊敬していたの。その関係を壊すことなんてできない。お願いだから約束して、このことは誰にも言わないって」

「患者の秘密を守れないようでは、医者にはなれないわ。だから心配しないで。でもね、こんな秘密を抱え込んでいたら、あなたがだめになってしまうのよ」ルイーズはため息をついた。「もう行くわ。話したくなったら、いつでもクリニックに来てね。いい、わたしがあなたの味方だってことを忘れてはだめよ。いつだって力になるから」

「ありがとう、ルイーズ」

ルイーズを見送ると、トレーシーはすぐさまシャワー室に駆け込んだ。ひどくあせっていた。

小児科のドクターが今日じゅうに会ってくれるかもしれない。すぐ来るよう言われたときのために、今から支度をしておきたかった。

子どもたちに悪い影響が出ていないかどうかを検査する方法が何かあるはずだ。

子どもを愛しながらも、こんなにも長いあいだ別れていたとなれば、その子たちの健康状態を心配するのは当たり前だ。ジュリアンにしても、ことさらおかしいとは思わないだろう。それどころか、妻が子どもたちのことを心配していると知って喜ぶはずだ。そしてわたしはもう大丈夫と判断するだろう。母として、そして妻としても……。ああ、愛するジュリアン。あなたにすべてを打ち明けられたら……。

退院の日と同じ服装に身を包んで部屋を出たとたん、足早にこちらにやってくるジュリアンの姿が目に入った。素早く視線をそらしたものの、視界の隅に、ぞくっとするほど魅力的な彼の姿が映った。紺のポロシャツとカーキ色のパンツ姿が、たくましい体をいやがうえにも引き立てている。そのうえ、その気取らない服装は、トレーシーにハネムーンを思い出させた。

ジュリアンはタヒチにカジュアルな服しか持っていかなかった。ふたりは海から生まれた子どものように遊んで過ごした。ときには一糸まとわぬ姿で気の向くままに戯れ、愛し合った。

たまに近くの村に食事に出かけるときも、トレーシーは彼が買ってくれたタヒチの巻きスカートを身にまとい、彼は今のようなスポーティな服装をした。

そんな思い出が、心の奥深くまで染み込んでいる。それをどうやったら消せるだろう？

「ルイーズに来てもらったのがよかったようだね。ずいぶん顔色がよくなった」ジュリアンの低く、心地よい声が、ふたりのあいだの緊張を和らげた。

「そうなの」トレーシーはあえぐように息を吸い込んだ。「わたしたち……赤ちゃんのことを話したの」

「トレーシー」ジュリアンがかすれた声でささやいた。「子どものことはクリニックを出る前に僕が言うべきだった。だが、君が僕を思い出したのは、僕が声をかけたせいだったから、子どもの泣き声を聞き、僕に抱かれた赤ん坊を見れば、同じ奇跡が起こるかもしれないと思ったんだ」

「そのとおりだわ。あなたの計画は成功よ。すべての記憶を取り戻したんですもの。何もかも思い出したわ。わたしをはねたタクシーの色まで」

トレーシーの口から事故の話が出たので、ジュリアンの顔色が変わった。「だが、その結果どうなった？」彼は自己嫌悪に満ちた口調で吐き捨てた。

「これでよかったのよ、ジュリアン。あなたの直感はいつだって正しいわ。こうしてあなたを捜しに来たのはそれを伝えるためよ。わたしはもう大丈夫って言いたかったの。二度と気を失うこともないから心配しないで」

　彼は両足を少し広げて立っていた。手で首の後ろを撫《な》でながら、眉根を寄せている。トレーシーには、そんな癖が何を意味するかよくわかっていた。彼は妻の言葉を信じていないのだ。

「本当よ。気分がいいから、子どもたちのかかりつけのお医者様に会ってみたいと思っているの」彼女は安心させるように言った。「できたら、すぐに」

　ジュリアンはあっけにとられたように目をぱちぱちさせた。「なぜだ？　子どもたちなら、心配ない。みんな健康だって保証するよ」

　それを聞いてほっとしたのは事実だが、トレーシーはもっと多くのことを知りたかった。

　黒い眉が片方、不安そうに持ち上がった。「かわいい人《ミニヨンヌ》、もしラウルのことで苦しんでいるなら、その必要はない。確かに君が事故に遭う前、あの子は自力で呼吸するのが困難だった。だが、それも二、三週間で治った」

「よかった」トレーシーは心からほっとしてつぶやいた。「ねえ、ジュリアン。あなたを信じていないわけではないのよ」彼女はちょっと神経質そうに両手をよじった。「でもね、五カ月ものあいだ、あの子たちに会っていなかったので、実際にあの子たちに会う前に、これまでのカルテを始めとして、すべてを知っておきたいの」

　トレーシーは考えつくかぎりの理由を並べた。

「わたし……成長記録にも目を通したいわ。何が好きで、何が嫌いかといったことも」彼女の目に涙があふれた。「普通の母親なら、とっくに知っていていいはずの些細《ささい》なことよ」

ジュリアンが何を期待していたにしろ、その言葉はあまりにも意外だったようだ。彼の体から力が抜けたところを見ると、明らかに喜んでいる。

「こんなに長く会えなかったんだ。いろいろ聞きたいことがあって当然だよ」ジュリアンはうっとりするほどのやさしさで同意した。「すぐにドクター・シャピアに連絡を取ろう、ミニョンヌ」

その名で呼ぶのはやめて！　トレーシーは心の中で叫んだ。愛をこめて呼ばれるたびにわき起こるこの反応を、どうにかして抑えなくてはならない。

「でもドクターはきっと予約でいっぱいでしょうね」

「病院のほうにでも行っていないかぎり、なんとかなるよ。午前中にふたりで会えるよう手配しよう」

そのつぶやきは、まるで宣言のように聞こえた。

〝ふたりで〟なんてだめよ。トレーシーは内心うめいた。だが、これもまた慣れなくてはならないことのひとつだ。ジュリアンは何もかも一緒にするつもりなのだ。少なくとも、ここ一カ月は。

「子どもたちはどこ？」

「散歩の時間だよ。外は秋の日差しがあふれて、とても気持ちいいからね」言葉には出さなかったが、彼の目が語っていた。ふたりがそんな日々をどれほど楽しんだかということを。

お願い、ジュリアン、希望を持ったりしないで。

「じゃあ――」トレーシーは咳払《せきばら》いをした。「あなたがお医者様に電話しているあいだ、わたしはキッチンへ行って朝食をすませてくるわ」

トレーシーは夫の返事も待たずに階段に向かった。彼が追いかけてこないことを祈った。

ありがたいことにキッチンに入ったとき、背後にジュリアンの姿はなかった。彼女の姿を見てソランジュがいそいそと熱いココアに、バターとジャムをたっぷりのせたおいしそうなブリオッシュをテーブルに並べた。

飢え死にするまで食べないという決心など、どこかに吹き飛んでいた。こうなったからには子どもたちのためにしっかり食べて元気にならなくてはならない。具合でも悪くなって、また引き離されるなんて耐えられない。

三人の子どもたちの存在は、トレーシーにとって何よりもいい刺激になった。手助けなしに子どもたちの世話ができるよう、早く体重をもとに戻さなくてはならない。

もちろんジュリアンだけのときには、何人もの子守りが必要だっただろう。でも、わたしが帰ってきたからには、すべてを変えなくては。自分の子どもは自分で育てたい。ジュリアンの出した条件が、彼と一カ月生活を共にすることなら、わたしにだって条件を出す権利があるはず。

トレーシーはまず最初に、子守りの全員解雇を要求するつもりだった。子どもたちは皆、健康だとジュリアンは言っていた。たとえトレーシーひとりでは手に余ることがあっても、このシャトーにはメイドが何人もいる。いざとなれば、彼女たちの助けを借りればいい。

トレーシーとしては自分の手で子どもを育てたいという思いのほかに、もうひとつもくろみがあった。この三十日間、子どもの世話で忙しく動きまわっていれば、ジュリアンとの距離もおけるだろう。約束の日数が過ぎたあとのことは、今考えても仕方がない。たぶんシャトーの近くに住む場所を借りれば、交代で子育てができるだろう。

昼間のあいだは彼女が世話をして、夜、仕事が終わったらジュリアンが面倒を見る。ただし、あくまで彼が望めばの話だが。そんなふうに距離をおいて子育てをしているうちに、いずれ彼も新しい女性と新生活を始める気持ちが生まれてくるはず。そうに決まっている。いや、絶対にそうさせてみせる。

キャリアウーマンとして世界を飛びまわる夢こそついえたが、今のトレーシーは母親なのだ。小さいころから、それが夢だった。子どもを育て、母親としての愛をそそぐために、ジュリアンもそれ相応の援助をしてくれるはずだ。

わたしの使命は、子どもたちを育てること。お風呂に入れ、抱きしめ、一緒に遊んで、大好きなお話を読んで聞かせる。言葉や歌や遊びを教え、愛されること、愛することを身をもって伝える。あの子たちの父親が誇りに思う立派な大人に成長するように。

ああ、一刻も早く、あの子たちにありったけの愛を与えたい。ジュリアンへの禁じられた愛の代わりに、子どもたちに愛をそそぐほどふさわしいことがあるだろうか。

「トレーシー?」

トレーシーははっと振り向いて、ジュリアンを見た。自分の思いにとらわれていて、彼がキッチンに入ってきたことさえ気づかなかった。

「ドクター・シャピアの看護婦の話では、先生は今病院にいるが、すぐにも戻るそうだ。もし今すぐに出かければ、なんとか会えるように都合をつけてくれると言ってくれた」

ほっとしたのと怖いのとで、トレーシーは短く返事をすると、最後のロールパンをのみ込んだ。「ありがとう、ジュリアン。ちょっと待ってね。階上《うえ》に行ってバッグを取ってくるわ」

「わざわざ行かなくてすむよう、もう持ってきてあるよ」

ジュリアンらしい気配りだった。彼はいつだって、一歩も二歩も先を考えてくれる。それだけではない。予約が取れたこと自体、奇跡だった。ほとんどの小児科病棟は具合の悪い子どもたちであふれ、予約なしで会ってもらえるのは不可能に近い。

クリニックから持ってきた焦茶色のバッグを手渡すとき、彼の指がかすかにトレーシーの手に触れ、彼女の肌を焦がした。トレーシーは思わずさっと手を引っ込めた。

彼がそれに気づいたのは火を見るよりも明らかで、ふいに唇が歪《ゆが》み、険しい表情が浮かんだ。「じゃあ、行こうか?」これからが思いやられるような口調だった。トレーシーはソランジュに礼を言うと、シャトーの裏に止めてあったフェラーリまで黙って彼のあとについていった。

外の暖かい日差しを浴びたとたん、湖のもやが晴れた美しい秋の日々を思い出し、トレーシーは胸が痛んだ。そんな日には、ジュリアンとふたりきりになりたくて、よくシャトーを抜け出しては湖面にボートを出したり、野生の水仙に囲まれた山間《やまあい》の野原にピクニックに出かけたりしたものだった。

今とは違って、あのころのふたりには、信じられないほどの心の触れ合いがあった。ことにトレーシーは、ジュリアンをひとり占めできる喜びで、天にも昇る心地だった。

たった一度だけだが、彼にキスをしてもらおうとあらゆる手を尽くしたことがあった。しかし、彼は決して自制心を失わず、彼の中で燃え上がっているはずの欲望に身をまかせようとはしなかった。

トレーシーの大学の卒業式に、いきなり姿を現すまで、ジュリアンは決して自分の情熱を見せようとはしなかった。その夜、彼は初めてトレーシーにキスをした。永遠に続くかと思われるそのキスが、トレーシーの人生を一変させた。ようやく唇が離れたとき、彼は次にこのサンフランシスコに来たときに、結婚しようと言ったのだ。ただし、これは誰にも言わずに、トレーシーの胸のうちにだけしまっておいてくれ、と。

ああ、あのときわたしはどんなに幸せだったことか。あんな幸せは……。

「トレーシー？」

その声に彼女はふと我に返った。「なあに？」罪の意識にとらわれ、ささやくような声になった。

「ヴァレンタインは、横顔が君に瓜《うり》ふたつだ。完璧《かんぺき》だよ。あの子を見るたびにそこに君がいるんだ。そしてあの子が目を開けてにっこり笑うのを見るときの僕の気持ちがわかるかい？」

やめて！

「でもあの髪と、手の爪はあなたそっくりよ、ジュリアン」

ジュリアンの表情がぱっと明るくなるのを見て、トレーシーは自分の失言に気づいた。だが、もう遅かった。娘の中に夫に似たところを見ていたという ことは、彼にまだ興味があるという証拠だ。たとえ、どれほどそうではないふりをしようとも。

「僕が言ってるのは、あの子のきれいな顔のことだよ」ジュリアンは静かに続けた。「クレールにいつも注意されるんだ。僕は息子たちより娘に甘いと。かわいそうなクレール。きっと僕たちのあいだにあるような愛を経験したことがないので、理解できないんだね」

「ジュリアン」話題が危険な方向に向かいそうだと感じて、トレーシーはいきなり言った。「クレールやほかの子守りのことなんだけど――もちろん、あなたが、あの人たちなしにはやってこられなかったのはわかっているわ。でも、ドクター・シモンズから健康になったと太鼓判を押されたし、わたしは自分であの子たちの世話をしたいの」

ジュリアンが長く美しい指でハンドルをぎゅっと握りしめ、彼が深く感動しているのがわかった。

「君の口からその言葉が聞けるのを待っていたよ」

彼の声はかすれていた。「今晩夕食の席で、みんなを呼んで、そう言おう」

その言葉と同時にジュリアンは二度エンジンを吹かし、フェラーリは幹線道路に躍り出た。トレーシーは必死に首を伸ばして、どこかに子どもたちの姿はないかと捜した。

ジュリアンがいつものように彼女の心のうちを読み取った。「子どもたちは湖のほうに行った。もし明日もいいお天気だったら、料理人にピクニックの用意をしてもらって、子どもたちと一緒にボートに乗ろう」

「すてき」思わず興奮した言葉が飛び出し、トレーシーはあわてて言い直した。「でも、子ども用の救命器具を買ってからでないと」

「その日のために、そんなものはとっくに用意してあるよ」

ジュリアンの声もはずんでいる。はずみすぎと言ってもいい。その嬉《うれ》しそうな声に、トレーシーの胸がまた痛んだ。

「ドクター・シャピアに会った帰りに〈ラ・フェルミエール〉で昼食をとろう。君は長いことラクレットを食べていないだろう?」

ラクレットは、キルシュと呼ばれるチェリーブランデーを加えた熱いチーズと、じゃがいもを合わせたふたりのお気に入りの料理だ。あれほどおいしいものはないと思っていたが、それだっていつもジュリアンと食べたからなのだろう。彼と一緒だと、何もかもが魔法をかけたようにすばらしくなる。

問題は、彼とは昼食どころか夕食さえ一緒にはとりたくないということだった。だが、そんなことはとても言えない。ジュリアンは彼女の体重がもとに戻った姿を見たいと望み、しかもなんとか三十日以内に本当の家族になりたいと願っているのだ。

方法はひとつ。一緒に暮らしていくあいだ、トレーシーは彼を友人として扱うしかない。

わたしが今彼のためにできることは、それだけ。

ジュリアンはその後何も言わなかったが、トレーシーは彼の刺すような視線を感じていた。心の中の問題まで見透かすかのような視線だった。

トレーシーは縮み上がった。この人はどんな手を使ってでも、わたしの築いた壁を突き崩すつもりだ。彼は何があってもあきらめないだろうが、彼の力をもってしても、どうにもならないことがあるのだと知らされるはずだ。

一カ月もしないうちに、彼もきっとわかる。どんなに努力してもわたしと情熱を分かち合うことはできないということが。そうなって初めて、彼は別れるしかないと認めるのだろう……。

「ドクターはすでに病院から戻っています。すぐにお会いになるはずです」

トレーシーは脅《おび》えたようにジュリアンを振り返った。できたら、こんなことは言いたくない。だが、仕方がないのだ。

「ジュリアン、よかったらドクターにはわたしひとりで会いたいの。これまではまるで、わたしが何もできないかのように、あなたがすべてをやってくれたわ。でもわたし……ひとりでもできるっていう自信を持ちたいの。一人前の大人として」

ジュリアンの明るい瞳に絶望にも似た影が宿った。

ああ、またしても彼を傷つけてしまった。あとの二十八日間で、わたしはどれくらいこの人を傷つけなくてはならないのだろう?

ジュリアンはかすかにうなずいて、看護婦に案内されて受付ロビーから去っていくトレーシーを、身じろぎもせずに見送った。トレーシーは今にもその場にくずおれそうだった。彼の視線から逃れられることにほっとしながら、急いでドクターのオフィスに向かった。

ドクター・シャピアは小柄な六十代の男性で、彼のやさしい笑顔がトレーシーをくつろがせた。彼は、有名なシャペール家の三つ子の美しい母親が、長い昏睡《こんすい》状態を抜け出したことを心から喜んでいた。

トレーシーがいろいろ質問を浴びせる前に、医師は彼女にデスクの向かい側の椅子を勧めた。そしてまず最初に子どもたちはすばらしく健康で、すくすく育っていると言って、彼女を安心させた。

ジュリアンに聞いていたので、その言葉は意外ではなかったが、にもかかわらずトレーシーは心が温まるのを感じた。

子どもひとりひとりのカルテを丁寧に説明し終わったドクター・シャピアは、それでトレーシーが満足して帰るものとばかり思っていたようだ。

だがトレーシーは、医師を見上げ、真実を伝える勇気を奮い起こそうとしていた。ドクターに秘密を守ってくれるよう頼んだあと、トレーシーはこれまでのことをすべて話した。なぜジュリアンのもとから逃げ出したのか。なぜ一時的な記憶喪失に陥り、なぜここを訪れたのかということを。母親として、子どもの将来を知る必要があり、これから起こるかもしれない医学的な問題に、トレーシーは心の準備をしておく必要があった。

ドクター・シャピアの明るい顔が、ショックのせいで青ざめた。やがて彼はゆっくりと椅子に座って、ルイーズと同じ同情にあふれた視線でトレーシーを見つめた。

「実は、このようなケースでの」ドクター・シャピアは咳払いしてから説明を始めた。「染色体が損傷しているかどうかを調べる検査はないのです。ただ子どもたちの成長を注意深く見守るしかありません。障害があったとしても、それが出てくるのを待つしか方法はないのです。そうはいってもあと数年は、なんの兆候も出てこないと思われます」そこでいったん言葉を切って再び続けた。「慰めにはならないとは思いますが、少なくとも今のところは、どのお子さんもごく正常な成長を遂げられています」

今のところは大丈夫なのだ。とにかくそれだけでもありがたいと思わなくてはならない。

トレーシーは思わず目を閉じた。今日からは、一日一日、子どもたちを愛し、感謝して生きていこう。この先のことは、神の手にゆだねるしかない。

一刻も早く子どもたちを、この手に抱きたい。そんな衝動に駆られて、トレーシーは勢いよく立ち上がった。医師のこれまでの努力に深く礼を述べて、彼女はドクター・シャピアのオフィスを出た。

受付ロビーの角を曲がったところで、もう少しでジュリアンにぶつかりそうになった。彼の腕に飛び込みたい衝動を抑えるには、かなりの意志の力が必要だった。

ジュリアンはトレーシーの手を取り、親指で手首をなぞった。「何か悪いことでも、ミニョンヌ？」静かに見つめるジュリアンの黒い瞳には、彼女への賛美がこめられていた。「ずいぶん脈が速いね？」

その理由はあなたよ、ジュリアン。何もかもあなたのせいなの。

「ドクターと話していたら、たまらなく子どもたちに会いたくなったの。今すぐに」トレーシーの言葉に嘘《うそ》はなかった。ゆっくりと彼から手を引っ込めた。「〈ラ・フェルミエール〉に行くのは、またの日にしない？」

ジュリアンはまだ何かあるのではないかといった表情で目を細めた。トレーシーは手足が震えた。ジュリアンは勘がいい。いつまで彼をごまかせるか、自信がなくなってきた。

「僕はただ、三人の子どもたちの面倒を見るような体力的に大変な仕事は、まだ無理なんじゃないかと思ったんだ」彼はつぶやいた。

「いいえ、とんでもない。わたしは大丈夫よ」

彼女のきっぱりした口調に、ジュリアンは安心したようだった。「わかった。じゃあ、まっすぐシャトーに戻ろう」

ドクターが与えてくれたさまざまな情報のおかげで、シャトーへの帰り道は、子どものことについてこれまでになく楽に話すことができた。事情を知らない人が聞けば、普通の夫婦が子育てについていろいろ話し合っているとしか思えないだろう。

しかしトレーシーは、ときどきこっそりとジュリアンを盗み見た。そうせずにはいられなかったからだ。そして、ふたりがどれほど〝普通ではない〟夫婦であるかを思い知らされた。今でもジュリアンのすべてを狂おしいほどに求めるトレーシーにとって、こんな生活は拷問にも等しかった。

ジュリアンに対するそんな思いは、薄れるどころかますます強くなっている。怖くなったトレーシーは、シャトーに着いたとたんに車から飛び降りた。彼女がシャトーの正面玄関に駆け込んだとき、ジュリアンはまだ車のエンジンさえ切っていなかった。

階段を駆け上るトレーシーに、メイドのひとりが挨拶《あいさつ》した。トレーシーは足を止めることもなく挨拶を返すと、二階にある子ども部屋に向かった。

激しい運動に慣れていなかったので、右手の最初のドアを開けたときには息を切らしていた。おしめを取り替えていた子守りの女性が、びっくりして顔を上げた。「マダム・シャペール！」もうひとりの年上の子守りが驚いたようにつぶやいた。

トレーシーはふたりがびっくりしたことにも気づかず、目を輝かせてベビーベッドに寝ている赤ん坊を見た。その男の子はアンリ・シャペールから受け継いだ明るいブロンドの髪をしていた。でも今は、そのことは考えまい。

「この子はどっち？」畏敬《いけい》の念に打たれたように、トレーシーはたずねた。

「ラウルだよ」背後から深みのある夫の声が響き、トレーシーを驚かせた。「昼休みにするといい、ジャネット」

人のよさそうな顔をした子守りは、顔を赤らめてジュリアンに笑いかけると、トレーシーがもっとよく見えるように赤ん坊をベッドから抱き上げた。

「この坊やは、もうひとりに比べると、とてもおとなしいんですよ、奥様。おなかがすいたときは別ですけれど。とても賢くて、ご主人にそっくり」

その言葉は、トレーシーに不意打ちを食らわせた。ここ五カ月のあいだ、この女性がラウルの母親だったのだ。当然、この子については何もかも知っているのだろう。そう気づいたとたん、トレーシーはたまらなくうらやましくなった。

「ラウル！」

6

子どもの名前を呼んだときには、彼女はもう手を伸ばしていた。このぽっちゃりしたピンク色の頬の息子が危機にさらされ、危うく命を失いかけたなんて嘘《うそ》のようだ。

生後数週間、ラウルは心肺機能に問題を抱え、それが母親と息子との絆《きずな》を特別なものにした。未熟児室でこの子を見つめて、過ごした長い時間をトレーシーは思い出した。自力で呼吸ができるようになることを祈りつづけた。

「かわいい坊や」息子を抱くと声がつまった。

それから数分間、時間がたつのも忘れてキスをしたり抱きしめたりしたあと、今度は丸々とした体をつぶさに調べはじめた。

　奇跡的にも、母親が浴びせる愛情表現に、ラウルはいやがるそぶりも見せなかった。だが、ジュリアンそっくりの黒い瞳が、じっと彼女の顔を見つめる様子に、息をのんだ。

　すすり泣きがこみ上げ、シャツにくるまれたラウルのおなかに顔を埋《うず》めて声を押し殺した。ラウルが泣きだした。どうやら怖がらせてしまったらしい。

　息子の気持ちをなだめようと、トレーシーは赤ん坊を胸に抱きかかえ、前後に揺らしてあやした。息子の頭を手で包むようにして、その愛らしい感触をしっかり心に刻み込む。「ごめんなさいね、ラウル。ママを許して。あなたのこと、とても愛しているのよ」何度も何度もささやいたが、どうしても機嫌が直らない。

「奥様が抱き上げる前から、おなかをすかせていたんですよ」ジャネットがふいに言葉をはさんだ。「ラウルも多くの殿方と同じように、食事前にはご機嫌斜めになるようです」

　それを聞いて、トレーシーは気が楽になった。

　ジュリアンがラウルの金髪の頭にキスをした。

「おまえが底なしの胃袋を満たすあいだ、ママとパパは一番上の兄さんの様子を見てくるから」

　ジュリアンはお産にこそ立ち会わなかったが、子どもたちのことはなんでも知っているようだった。

難産だったことも、子どもたちの生まれた順番さえも。そう、ヴァレンタインが二番目に生まれたことも、ちゃんと把握している。

　苦しい出産のあと、ドクター・ラーニッドがトレーシーに告げた。最後に生まれたラウルは、子宮内でも窮屈な思いをしていた可能性があり、肺の発育に問題があるかもしれない、と。

　それが今や、ラウルは着実に遅れを取り戻しつつあった。トレーシーがジュリアンのあとから子ども部屋を出たとたん、息子の泣き叫ぶ声が響いた。あれほど愛情をそそがれたあとだけに、取り残されたと感じたに違いない。

あの調子では、ジャネットも食事の世話より先にラウルをなだめなければならないだろう。だが、トレーシーにもう嫉妬《しっと》はなかった。大切な我が子のことは何もかも自分でやりたかったが、今はもうひとりの息子を抱くまでは心が休まらない。

あらゆる感情があふれ出て、ジュリアンと目を合わせることができなかった。トレーシーは彼を追い越して、廊下に面した隣のドアを開けた。

彼女が子ども部屋に入ると、ジュリアンがリーズと呼んでいる子守りが驚いて顔を上げ、ふたりに挨《あい》拶《さつ》した。だが、トレーシーの関心は、ぶらんこに座って昼食をとっている長男だけに向けられていた。

彼もまた金色の髪を受け継いでいたが、ラウルより若干濃い色で、オリーブ色の肌と肉体的な特徴はジュリアンそっくりだった。細身の体と長い手足を持つこの子は、誰よりも父親似に育つだろう。

成り行きも考えず、トレーシーは息子のもとに駆け寄って膝をつき、もどかしい思いで瞳の色を確かめた。それは紛れもなくはしばみ色で、彼女によく似てまつげが濃かった。かぼちゃとすももを食べていたらしく、上唇に食べかすがついている。

「ああ、ジュール！」トレーシーの目に涙がこみ上げた。「なんてかわいいの！」抑えきれずに息子の整った顔を両手で包み、食べかすもかまわずキスを浴びせた。

ジュールがいやがって泣きだし、父親に向かって手を伸ばした。ジュリアンがぶらんこから息子を抱き上げ、なだめた。

いつもそうやって抱っこしてもらっているのだろう、赤ん坊はひたすらジュリアンの首にしがみついて顔を隠していた。トレーシーはジュリアンの背後にまわって息子の気を引こうとした。だが、彼女に抱かれるのを怖がっているのか、ジュールは母親のほうに顔を向けようともしない。

　頭では、トレーシーも息子の反応を理解していた。問題は感情のほうだった。トレーシーは過去半年の空白を埋めようと必死だった。それだけに息子の反応は、拒絶としか受け取れなかった。

　彼女の気持ちを見抜いて、ジュリアンがつぶやいた。「僕があやしているあいだに、ヴァレンタインのお昼がすんだかどうか見てきたらどうだい？」

　トレーシーはこの場を離れたくなかったが、ほかにどうしようもなかった。この場にとどまったところで、ジニールは彼女を見ることもなく、お昼も食べないだろう。こんな再会になるとは思ってもみなかった。

　トレーシーはうなずいて、娘のもとへ向かった。ラウルが顔をそむけなかったのがせめてもの救いだった。そうでなければ、とても耐えられなかっただろう。

　ジュールのときの教訓から、娘には慎重に近づいた。「お昼はすんだの？」クレールにささやく。ヴァレンタインの小さな貝殻のような耳が、レーダーさながらにその声を拾い、母親のほうを向いた。

　クレールがうなずいた。「子羊の肉は半分、あんずは全部食べました。これからベッドに寝かせてミルクをあげるところです。ご自分でなさいますか」

「この子さえそうさせてくれれば」トレーシーは震える声でつぶやいた。

「試してみましょう。そこに座ってください」

　トレーシーが座ると、クレールが赤ん坊を差し出した。ヴァレンタインは、最初こそいやがったが、トレーシーがクレールから受け取った哺乳《ほにゅう》瓶を口に押し当てた瞬間、むずかるのをやめて飲みはじめた。

「ヴァレンタイン、いい子ね」トレーシーはやさしくささやいた。

大きな音をたててミルクを吸うあいだ、赤ん坊の緑色の瞳がトレーシーの瞳をのぞき込んでいた。まるで同じ色に気づき、その瞳の奥が見通せるかのようにじっと見つめている。

ヴァレンタインがわたしの声を、匂《にお》いを覚えているなんてことがありうるだろうか？

出産し、入院していた一カ月間、トレーシーは三人の子どもたちをちょうどこんなふうに抱いたのだ。ヴァレンタインの緊張が予想に反してほぐれたのはそのためだろうか。

卵形のきれいな顔をして、信頼しきった様子で見上げられれば、どんな母親だって感動するだろう。だが、トレーシーの喜びはまた格別だった。彼女は娘をひしと抱きしめた。

ふいに、ヴァレンタインだけでは満足できなくなった。子どもたち全員をそばに置きたい。

母親の本能のままにトレーシーは椅子から立ち上がり、ヴァレンタインを抱いたまま部屋を出た。そのまままっすぐラウルの部屋に向かい、息子がまだ眠らずにミルクを飲んでいるのを見てほっとした。

「ジャネット」ちらかった昼食の後片づけをしている子守りに声をかける。「メイドにベッドから大きめのキルトを持ってくるよう頼んでくれる？」

年輩の子守りは不思議そうな顔をしつつも答えた。「かしこまりました」それからすぐさま部屋を出ていった。待っているあいだ、トレーシーはラウルのベビーベッドの傍らに立って、空いている手でその真ん丸の頰を包んだ。

それに応《こた》えるように、ラウルは哺乳瓶をくわえるのをやめ、母親の指に触れようと手を伸ばし、トレーシーが差し出した小指をつかんで、口に入れようとする。

「奥様、どうぞ」

「椅子の上に置いてくれる？　それがすんだら、あなたもクレールも今日は好きなように過ごしていいわよ」ジャネットの驚きを感じ取ったトレーシーは、説明しなければと思った。「子どもたちと水入らずで過ごしたいの」

「わかりました、奥様。でも、奥様が疲れたときに備えて近くにいるようにします」

ジャネットが躊躇《ちゅうちょ》したのは赤ん坊への愛着のせいか、トレーシーの健康を案じてのことなのかは、トレーシーには判断しかねた。おそらくはその両方なのだろう。

この数カ月、自分がラウルの世話をしてきた立場なら、ラウルへの愛情がふくらんで、そのときが来てもなかなか子どもから離れられないかもしれない。

やはり子守りたちには辞めてもらい、別の働き口を探してもらおう。トレーシーは改めて決意を強くした。ジュリアンほど親切で公平な雇い主はいないだけに、子守りたちには気の毒だが。

ドアが閉まって一息つくと、トレーシーはベビーベッドに近づき、ラウルの隣にヴァレンタインを寝かせた。数分間、彼女はふたりの子どもたちを笑顔で見下ろしていた。哺乳瓶をくわえながらも、子どもたちの目は母親の顔に釘《くぎ》づけだった。

赤ん坊がおとなしくしている隙《すき》に、キルトの掛布団を手に取り、ベビーベッドの傍らの床に敷いた。床一面を覆う絨毯《じゅうたん》は、二階の部屋をより暖かくするために、おそらくジュリアンが敷かせたものだろう。

トレーシーはキルトを広げると、靴とジャケットを脱いで椅子に置き、ラウルをベビーベッドから抱き上げて、キルトの上にうつ伏せに寝かせた。ヴァレンタインも同様にして寝かせ、自分も子どもたちを眺め、触れられるような位置に横たわった。

それからの数分間は、まさしく至福の時だった。絶えずキスをしたり、背中をさすったりしながら、トレーシーの思い描くふたりの将来を語って聞かせた。

「見てごらん、ジュール」戸口から聞こえた低く聞き慣れた声に、トレーシーの心臓が痛いほど大きく打ちだした。「みんな集まって幹部会議を開いているみたいだ。仲間に入って、何をしているのか教えてもらおうか?」

トレーシーが同意するのも待たず、ジュリアンはジュールをヴァレンタインとラウルのあいだにうつ伏せに寝かせ、その男らしい体をトレーシーの隣に伸ばした。家族五人が互いに触れ合える距離にいた。

夫がそばにいることで、トレーシーがどれほど動揺しているか、ジュリアンにはわからないようだった。ジュールもこの状況に不満そうだったが、彼の場合は父親と離れたせいだろう。

自分を守りたい気持ちと、息子を慰めたい思いが相まって、トレーシーは体を前にずらして、父親に似て長く、先の四角いジュールの指をもてあそんだ。ジュールはいやがったが、トレーシーがなだめるような口調で話しかけるうちに、ぐずるのをやめた。

ほかのふたりの子どもたちは、目の前にある母親の白っぽいブロンドの髪を引っ張り、口に入れようとした。だが、トレーシーが最も意識していたのは、すぐ横に寝転んでいるジュリアンのほうだった。あまりに近く、彼の温《ぬく》もりが伝わってくる。男性的な匂いと、彼がシャワーで使う石鹸《せっけん》の香りがトレーシーの鼻をくすぐり、気が変になりそうだった。

そんな思いを隠すように、彼女はジュールを抱いて仰向けになり、高い高いをしておなかにキスをした。残りの子どもたちは母親の髪をつかんだまま、母親が兄の相手をしていても、ちっとも気にする様子はない。

しかし、ジュールが甲高い笑い声をあげた瞬間、トレーシーは大きな間違いを犯したことに気づいた。ジュリアンがこちら向きになって、彼女を見つめていたのだ。

彼は身じろぎひとつせず、こちらを見つめている。その目を見なくても、彼のまぶたの下で、炎が燃え上がっているのが感じられた。

ジュリアンは指一本動かさなかったが、彼の欲望は生き物のようにトレーシーに向かって手を伸ばしてきた。しかも、近すぎる距離が危険を増大させている。

そばにいるだけで、彼はトレーシーの中に圧倒されるほどの欲望を引き起こす。彼女はジュリアンに背を向けることで、誘惑を退けるしかなかった。

ジュールを生きた盾にして、震える体に抱きしめながら子守り歌を歌う。音楽に心がなごんだのか、ジュールは母親のキスや愛情を、妹や弟と同じように受け入れはじめた。

そのほろ苦い瞬間、喜びと悲しみの熱い涙がトレーシーの目の端からぽろぽろこぼれ落ちた。しかし、母親としての大いなる充実感がもたらす喜び。しかし、それはまた魂を引き裂く痛みという代償を伴ってもいた。隣には、自分の命よりも愛《いと》しい男性がいる。生まれたときから愛してはいけない定めだったのに、彼女はそれを知らなかった。

だが、今は知っている。

それでも心のどこかでは、文字どおり彼女の世界を引き裂いた忌まわしい現実に抵抗していた。すべてを無視してジュリアンを愛しつづけ、アンリ・シャペールの言葉など聞かなかったことにしたかった。

しかし、神は彼女の恐ろしい秘密も、彼女がそれを知っていることもご存じだ。隠れ場所などない。ジュリアンと人生を共にできる場所など存在しないのだ。

言いようのない悲しみが胸を刺し、トレーシーは涙に濡《ぬ》れた顔を、甘い匂いのするジュールの首筋に埋めた。これからは、子どもたちだけが彼女の生きがいとなる。

「かわいい人《ミニヨンヌ》?」

だめ。お願いだからやめて。何も言わないで。

だが、ジュリアンはすでに話しはじめていた。そっと呼びかける声にひそむ切羽つまった思いは否定しようもなく、トレーシーはうめいた。

「数カ月前、すべてがどん底に思えたころ、僕はこんな瞬間を夢見ていた……我が家でのんびり過ごし、そばには子どもたちと妻がいる……。こうして、家族のそばに横たわっていながら、僕の思いが君に伝わっていないはずがない。君はこんな場面がずっと続いてほしいとは思わないのかい? 頼むから教えてくれないか、僕の愛する人《モナムール》。もう君は、僕の腕に戻る気はない、僕の前から姿を消す直前まで分かち合った、あの至福の時を望んではいないということを、僕にとことん納得させてくれないか」ジュリアンは震える声で懇願した。「トレーシー……」

そこには、彼の思いのたけが、トレーシーが決して彼に言うことを許さないすべてが、その愛情に満ちた一言にこめられていた。

トレーシーの魂は、またしても切り裂かれた。自分を守るためにできることはひとつ、横たわって眠ったふりをすることだけだ。

ああ、わたしもこの子たちのようになれたら。まどろむ子どもたちは悩みなどまったく知らない。

今や、過ぎゆく一瞬一瞬が苦痛以外の何物でもなかった。ジュリアンが彼の言葉にわずかでも反応がないかと待っていることはわかっていた。そして彼がトレーシーを求め、必要としているように、彼女もまたジュリアンを求め、必要としていることも、痛いほどわかっていた。

だが、それに応えられるはずはなく、気がつけば
これまでにないほど強く祈っている自分がいた。あ
りがたいことに間もなく体の力が抜け、トレーシー
は眠りに落ちていった。
次に意識が戻ったとき、腰のあたりに重みを感じ
た。まだはっきりしない頭で、トレーシーはジュー
ルが乗っているのではないかと思った。無意識のう
ちに手を伸ばし、てのひらでなめらかな髪に触れ、
息子の存在を確認しようとした。
しかし、胸に寄せられた頭に触れた瞬間、何かが
おかしいと気づいた。顔の彫りは深く、髪もジュー
ルにしては太く、カールしている。
彼女ははっとして目を開けると、唇を噛《か》んで叫び
声を抑えた。
うたた寝しているあいだに、今もぐっすり眠って
いるジュールから手を離し、なぜかやはり眠ってい
たジュリアンのほうに寝返りを打ったらしい。
目覚めていれば決して起こりえなかったことが、
眠っているあいだに起きてしまった。ふたりは、本
能的に互いを求め合ったのだ。ジュリアンはトレー
シーをひとり占めするように、彼女の腰に腕をまわ
している。そして彼女も同じような貪欲《どんよく》さで、彼の
頭と肩を抱いていた。
気を落ち着かせるのに精いっぱいで、夫に気づか
れずに起き上がる方法を考える余裕はなかった。間
の悪いことにクレールが部屋をのぞきに来て、すぐ
さま引き返していった。夫婦の親密で個人的な時間
を邪魔したくないと思ったに違いない。
子守りが今の光景をどう解釈するかが目に見える
ようだった。きっとほかの子守りにも話すだろう。
視線を下に移すと、ブラウスがひどく乱れて、ス
カートからはみ出している。それだけではない。ジ
ュリアンの腕が彼女の脚の上を動いたせいで、シル
クに包まれた太腿が慎み深いとは言えないほどあら

わになっていた。

トレーシーは恥ずかしさと、焼けつくような罪悪感に襲われて、頬をほてらせた。

こんなことは起きてはならなかったし、二度とあってはならない。

拷問のような日々が二十七日も残っているというのに、最も恐れていたことのひとつが早くも現実になってしまった。

すっかり狼狽《ろうばい》した彼女は、ジュリアンが目を覚まさないことを祈りつつ体を引き離した。だが、背後に寝ていたジュールのことを忘れていた。母親に突然背中を押されて、ジュールは驚いた。そしてたちまち大きな泣き声をあげたものだから、全員が目を覚まし、あっという間に大合唱が始まった。

トレーシーは後悔にさいなまれ、急いで立ち上がったが、ジュリアンをごまかすには遅すぎた。トレーシーが腕の中からすり抜けるのを感じると同時に、彼は目を開けた。その暗い瞳の奥深くに光る勝ち誇った色が、眠っているあいだに何が起きたか知っていると告げていた。

ジュリアンはこんなきっかけを待っていたのだ。そしてトレーシーはそれを与えてしまった。もう否定することすらできない。

ジュリアンの心の動きを見て取って、トレーシーは恐怖を覚えた。この新たな事実を手にした今、彼は、トレーシーが音をあげるまで、決してあきらめないだろう。

トレーシーは大あわてでラウルを腕に抱きかかえた。おかしなことに、誰よりも激しく泣いていたのはラウルで、トレーシーは彼をベビーベッドに運び、おむつを替えることにした。おしゃぶりを見つけて口に当てさせ、そっとささやきかける。それが功を奏し、赤ん坊は泣きやんだ。

ジュリアンが残りのふたりを抱き上げてくれたお

かげで、泣き声は収まった。部屋を出る夫の声が聞こえる。「ママとラウルに時間をあげよう。おまえたちの番もすぐだからな。ママは帰ってきたんだ。これからはみんなで暮らしていくんだよ」

いいえ、ジュリアン。そうはならないわ。あなたが思い描いているようにはならないのよ。

「子どもたちはドライブが大好きだが、どうやらそれ以上にボートが好きみたいだ。君はどう思う？」

ジュリアンは賢い。話題は子どもたちのことだけにとどめ、昨日ラウルの寝室でトレーシーがジュリアンを抱いていたことには一言も触れなかった。

「初めてのことで、わたしにはよくわからないけれど、確かに満足しているみたいね」

三人の子どもたちは、ジュリアンの後ろの床にそれぞれ大きな籠《かご》に納まっていた。ジュリアンはしゃれた二十一フィートの水上スキー用ボートを操縦していた。トレーシーは彼を見ようとはせず、子どもたちが自分たちの手で遊んだり、ジュリアンがおもちゃ箱から持ってきたがらがらをくわえたりするのを見つめていた。

子どもたちは皆一様にライフジャケットを着込んでいた。その下には、足まで包み込む伸縮素材のベビー服と、空色の綿のセーターを着ている。トレーシーは子どもたちにフードをかぶせて、耳と頭を覆った。愛らしい顔だけが、秋の空気の冷たさを吹き飛ばす暖かな太陽にさらされている。

食事を与えたり、おむつを替えたりするとき以外は、手が空くと赤ん坊をひとりずつ順に腕に抱きしめた。そして穏やかな湖をクルーズするあいだ、彼女は中世のシヨン城やジュネーヴの堤防先にある大噴水などの名所をいちいち指さしてみせた。

ジュリアンは、古い要塞《ようさい》の遺跡、クラレンス城の湖岸近くでエンジンを切った。アイスボックスに入れてきた食事をとる時間だ。コックが、おいしそうなキッシュや、木いちごのタルトを作ってくれた。おまけにトレーシーの大好きなぶどうジュース、グラピヨンも入っている。

トレーシーが、たわわに実をつけ、収穫を待つばかりのぶどう畑の斜面を眺めているあいだに、ジュリアンがまず妻の皿に、次に自分の皿に料理を盛った。ふたりは一見なごやかな沈黙のうちに食事をした。だが実のところ、トレーシーは神経が張りつめてどうかなりそうだった。

緊張をほぐそうと、トレーシーは沈黙を破った。「ゆうべ、子どもたちの子守りに解雇を告げたときのあなたは、本当に寛大だったわ。みんなきっと感謝していることでしょうね」

彼はタルトをもうひとつ口に放《ほう》り込んだ。「君が戻るまでのあいだ、子どもたちに本当によくしてくれたんだ、どんなに金を積んでも感謝しきれないよ。だが、彼女たちのためにも、別の働き口を見つけたほうがいい。とくにジャネットはラウルに対して愛着が強すぎるようだから」

トレーシーはうなずいた。「昨日のわたしもちょうどそんな印象を抱いたわ。ラウルはかわいいんですもの」子どもたちに目をやると、声がつまり、涙がこみ上げる。「どの子もみんな本当にかわいいわ」

「ああ、完璧《かんぺき》だよ。僕は今日、世界一幸せな男だって気がする」ジュリアンが胸がよじれるほどの感情をこめて言った。

「ジュリアン」彼が深みに入る前になんとか遮ろうとして、トレーシーは口をはさんだ。「あの……気にしないでほしいんだけど、実は今朝早くにイザベルに電話して、それで――」

「どうして気にする？」思いがけずジュリアンが突っかかるような言い方をした。トレーシーが思うほど、彼も自分を抑制できるわけではないのだ。「今やあそこは君の家だし、イザベルは君の姉さんだ」

トレーシーは両手を組み合わせて続けた。「最後まで言わせて。わたしはイザベルにもアレックスにも、もう半年も会っていないの。アレックスなんてきっとわたしを忘れているでしょうね。だから……しばらくこちらに来るよう招待したの」

ジュリアンは無表情なままキッシュを一口食べると、平坦《へいたん》な口調で言った。「ゆうべ夕食の席でローズが言ったことを考えると、それはあまり賢明とは言えない気がするが」

トレーシーは息を吸い込んだ。「ブルースのことね」

「トレーシー」ジュリアンは顔をしかめた。「彼には働くということがどういうことかわかっていない。家に招待すれば、余計に堕落させるだけだ」

「わかっているわ」彼女はささやいた。「だから彼は呼ばなかったの。子どもたちを寝かせたあとでローズ伯母様と話し合ったのよ。イザベルが具合が悪いのはつわりというより、ブルースが原因なんじゃないかって。ローズ伯母様も同感だそうよ。数週間ここで過ごして、子どもたちと遊んだり、アンジェリークと過ごしたりして気分転換すれば、気が晴れるかもしれないわ。今のイザベルに必要なのは、家族と過ごすことなの」彼女は嘘偽りない気持ちで付け加えた。

しかし、彼女がイザベルをローザンヌに招待する本当の狙《ねら》いは、ジュリアンとのあいだに距離をおくことで、彼はそれを見抜いていた。

「いつ呼ぶんだ?」

「手配でき次第、すぐにでも」

「そういうことなら、シャトーに帰ったら搭乗券を手配しよう」

「やめて」その拒絶にジュリアンが頭を後ろにそらした。トレーシーは彼を怒らせてしまったのがわかった。「わたしが……言いたかったのは、彼女だって自分のことは自分でするだろうってこと」

「どうやって？」彼はいくぶん攻撃的にたずねた。

「まだいくらか蓄えが残っているから」

「それは取っておけばいいさ」

「父がイザベルのために残してくれたお金なの。それを使うように言ったわ。ブルースに自覚を促すには、多少乱暴なやり方も必要よ。さもなければ、いずれ彼は結婚生活を壊してしまうわ」

そう言ったとたん、トレーシーは言ってはいけないことを口にしたことに気づき、死にたくなった。恐ろしい沈黙の中、ジュリアンの顔から血の気が引いて、無表情な仮面だけが残った。

「ローザンヌまで、わたしがボートを操縦して帰ってもいいかしら」彼女は話題を変えて、心の痛みを隠そうとした。「もう長いこと操縦していないけど、風も凪《な》いでいるし、うまくできると思うの」

「君の腕を疑ったことなど一度もないさ」彼は人を惑わすような穏やかな口調で答えた。「ただ、子どもたちも僕もまだ帰りたくないから、これからエヴィアンに向かわないか？」一見、無邪気なその提案は明らかに命令で、下手に反対すれば、かえってまずい事態になりかねない。

トレーシーの心は沈んだ。エヴィアンはフランス側の湖岸にある。外出を延ばすことはジュリアンには好都合でも、トレーシーにすれば、彼と感情面での距離を保つほかの手が必要になってくる。

昨日のことを考えると、自分のもろさを悟られるのは危険だったので、彼の願いを受け入れるしかなかった。だが、錨《いかり》を上げてモーターを始動したとき、ギアを握る彼女の手は震えていた。

「もうひとつのタンクに切り替えたほうがいい」操作を忘れていた妻にジュリアンが注意を促した。

「向こう岸に着いたらもう一度満タンにしよう」

淡青色に輝く湖面をボートが滑るように進むあいだ、あたりの静寂を破るのはエンジン音だけだった。ときおり押し寄せるほかのボートの波でさえ、ほんのさざ波程度で、湖面はまるで鏡のようだった。

過去にもこんな日々があった。トレーシーは思い出した。あのころは――アンリ・シャペールの告白を聞く前は――ジュリアンとボートに乗り、ただ彼と一緒に過ごして、彼と親しくなれるというだけで、このうえない喜びに包まれたものだ。

トレーシーは必死に涙と闘った。ジュリアンも、きっとあのすばらしい日々を思い返しているに違いない。だが、あの無邪気な時間は永遠に戻らないし、二度と訪れることもない。ふたりに立ちはだかる残酷な現実が、またしても彼女の心を引き裂いた。

ジュリアンは一カ月一緒に暮らしたあと、トレーシーに離婚の意思があるか聞きたいと望んだ。トレーシーは三十日を待たずに、早くもくじけそうだった。イザベルの訪問で願っているような効果を得られなければ、もうどうしていいかわからない。

ジュリアンに真実を告げれば、彼が彼でなくなってしまうかもしれない。現実を暴露しても、たとえどんなに苦しもうと、彼が死にはしないのはわかっている。自殺するには、彼は強すぎる。しかし、彼の中の何かが失われ、死に至るだろう。そうなれば、皆が尊敬し、愛するジュリアンではなくなってしまう。

何をどう考えようと、結局は最初の結論に戻るのだ。彼に真実を告げてはならない。死んだも同然の魂で生きるよりは、わたしに拒絶される心の傷のほうがはるかにましだ。

暗い思いにとらわれすぎていて、ジュリアンが強引にトレーシーを脇《わき》に押しやり、操縦を代わるまで、彼に声をかけられたことすら気づかなかった。

ウィンドブレーカーを通して感じた彼の手の感触

に震えながら、トレーシーは急いで子どもたちのもとに戻った。

「あそこだ」広い肩越しにジュリアンが呼びかけ、遠くの船着き場を指さした。「ガソリンを入れてもらうあいだに、レストランで食事をしよう。オーナーが代わったんだ。白身魚が最高でね」

「でも子どもたちが――」トレーシーは密《ひそ》かに息をのみ、これ以上彼とふたりきりにならないよう、なんとか言い訳を考え出そうとした。

「幼児用の椅子があるさ」

「ジュリアン――」

「わかってくれないか、ミニョンヌ。僕は家族を夕食に連れていく日を、待ちわびてきたんだ」ジュリアンは夢見るようにつぶやいた。「それが今日やっと実現した。お祝いをしたい」

7

こうなってくると、彼を説得するのは不可能だ。トレーシーは、彼の言うとおりにするしかなかった。

船着き場にボートを係留すると、ジュリアンはガソリン売りの男に指示を出し、それから彼女のほうを向いた。「ヴァレンタインを頼む。男の子たちは僕が連れていくから」トレーシーがボートを降りるのに手を貸してから、彼は籠《かご》とライフジャケットをボートに残して、トレーシーに娘を預けた。

それから力強い腕でラウルとジュールを抱き上げ、すぐに妻に追いついた。ふたりは連れ立って船着き場を歩き、湖畔のレストランへと向かった。

夕闇《ゆうやみ》があっという間にあたりを包んでいく。外に向かって傾斜したテラス席がたいまつに照らされ、幻想的な雰囲気だった。

見ると、ほとんどの客がしゃれたよそ行きの服に身を包んでいて、リーバイスのジーンズとテニスシューズ姿では、どうにも居心地が悪い。一方、ジュリアンは何を着てもさまになる。中でも白いタートルネックに紺色のセーター、カーキのパンツ姿の彼は最高だった。

彼はどこに行っても注目の的で、とりわけ女性の視線が集中した。それに、赤ん坊、しかも三つ子を連れているとなれば、レストランじゅうの客が振り向き、拍手まで起こった。

子どもたちのことを思って、給仕頭が室内の暖かな席を用意してくれた。彼が指を鳴らすと、ウエイターが急いで幼児用の椅子を運んできた。客がひっきりなしに近寄ってきて、子どもたちを褒めるので、トレーシーは座ることもできなかった。

こんなことになるのだったら、スカーフで髪を束ねたりせず、もっとましな髪型をしてきたのに。

ジュリアンにそっと視線を投げかけて、驚いた。彼のハンサムな顔には、誇りと満足感に満ちた笑みが浮かび、目が輝いて、いかにも嬉《うれ》しそうだった。

彼のことを知る人にも、子どもたちを撫《な》で、質問を投げかけずにはいられない人にも、彼は自分の家族を自慢したくてたまらないのだ。

シャペール家といえばヨーロッパでは有名で、ジュリアンはその家の権威ある主《あるじ》だ。しかし、誰もトレーシーのようには彼のことを知らない。ジュリアンにとって家族との外出は、ビジネスの世界で受ける数々の賛辞よりずっと意味のあることなのだ。

だからこそ、彼の父親の真実は、絶対に打ち明けてはならない！　いや、わたしたち、ふたりの父親の真実だ。そんなことをすれば、ジュリアンからすべての幸せを奪うことになる。彼の瞳の輝きは影をひそめ、微笑《ほほえ》みは一生消えてしまうだろう。そんなことができるはずはない！

　ふいに、ジュリアンとトレーシーの視線が絡み合った。暗く考え込むような瞳から、トレーシーは目をそらすことができなかった。席につく彼女に手を貸しながら、ジュリアンはかすれた声で言った。

「僕との結婚を君がどう思っているかはわかっている。でも、子どもたちのためにも、今夜はせめて楽しんでいるふりをしてくれないか」

　彼の声には、あまりに多くの思いがこめられていた。痛み、怒り、惨めな困惑。それらが彼だけではなくトレーシーをも確実に蝕《むしば》んでいる。

　その夜はただ漫然と時間が過ぎていった。トレーシーはできるかぎり楽しそうな表情をつくろった。食欲はなかったが、それでも食べた。デザートが運ばれてくるころになって、子どもたちがぐずりはじめた。過剰なまでの注目を浴びたあとで疲れたのだろう。トレーシーにしてみれば、これまでおとなしくしていたのが奇跡だった。

　ジュリアンも同じ思いだったのだろう。声をひそめてささやいた。「チョコレートの焼き菓子《ガレット・オウ・ショコラ》はまたの機会にしよう。行こうか」

　全身に安堵《あんど》の思いが駆け抜け、トレーシーはうなずいた。この一時間というもの、自分も家族も視線を浴びつつ、身動きがとれない気分だった。ボートなら暗いし、ジュリアンには操縦があるから、子どもたちや自分の恐怖心とだけ向き合えばいい。

　太陽が沈んだあと、夜の空気はめっきり冷え込んだ。先ほどまでは気づかなかった雲が星を覆い隠している。トレーシーはレストランから船着き場までジュリアンのあとに続いたが、そのあいだふたりに会話はなかった。子どもたちをボートに乗せると、ジュリアンは操縦席についた。トレーシーも無言のまま彼を手伝い、船内を暖かくしてクルーズの準備を整えた。

嵐《あらし》の接近について話していた船着き場の人々が、ボートを出すのに手を貸してくれた。ジュリアンがゆっくりとボートを船着き場から出した。

「準備はいいか?」

トレーシーは彼のぶっきらぼうな言い方に身震いした。「ちょっと待って」籠に入れると泣きだしてしまうので、ジュールは抱いていくことにした。膝に乗せたとたんに泣きやんだ。「いいわ。出してちょうだい」

ギアを替えると、ボートは急速に前進し、水の上を滑走した。風がどこからともなく吹きはじめ、波がボートを揺らす。しかし、ジュリアンが舵《かじ》を握っているかぎり、トレーシーに心配はなかった。それどころか、ボートが一定のリズムで波を砕く音を子守り歌に、子どもたちは眠りについた。

それから五分ほどたっただろうか、ボートが減速し、方向転換していることにトレーシーは気づいた。

「どうしたの?」彼女は大声でたずねた。ジュリアンにすべてまかせると決めたことは忘れていた。

「嵐がひどくなってきた。湖の真ん中に着くころには暴風雨になっているだろう。子どもたちがいなければ、このまま進んでもいいんだが。とにかく今は、家族を危険にさらすわけにはいかない。岸に戻って嵐をやり過ごそう」

だめよ! トレーシーは心の中で悲鳴をあげた。だが、ジュリアンのことは長年の付き合いでよくわかっている。一度心を決めたら最後、てこでも動かない。それに、彼は生まれてからずっと湖のそばで過ごしてきた。トレーシーはジュリアンの判断には全幅の信頼を寄せていた。夫が現状に多少なりとも命の危険を感じるなら、それに反論することはできない。彼は何より子どもたちを最優先に考えているのだから。

ジュリアンのそういうところを、どれほど愛しているうことか。これまでの人生で、彼ほどの男性には会ったことがない。これからもそんな人は現れないだろう……。

トレーシーはジュールの金髪に唇を押し当てながら、風よけに当たる雨音を聞いていた。ほどなくして雨は土砂降りに変わった。ボートをコントロールするためには、ジュリアンはあらんかぎりの力を駆使しなければならなかった。

誰も冷静ではいられなくなるような状況を、彼は耐え抜いた。ジュリアンはどんなときでも信頼できる。危機的な状況ではなおさらだ。普通なら取り乱してもおかしくないのに、愛《いと》しいジュリアンだけは違う。

「パパが安全な場所に連れていってくれるわ」彼女は、目を覚ましたが泣きやんだジュールに向かってささやいた。どうやら自分の泣き声より、嵐の音に気を取られているらしい。

ジュールを前後に揺らしながら、トレーシーは暗闇の中、眠っているヴァレンタインとラウルに目を向けた。子どもたちがうらやましい。幸いなことにこの子たちは、祖父母がつきつづけた嘘《うそ》から生まれた悲劇をまるで知らない。

トレーシーの頬を涙が伝った。アンリ・シャペールがジュリアンとのハネムーンのあいだに亡くなってくれていたら。そう思うのはこれで何度目だろう。ほんの数日の差で、ふたりの人生はまったく違っていたはずだ。ジュリアンもトレーシーも、ふたりを引き裂く現実など知らずに、一生幸せな結婚生活を送っただろう。

アンリはなぜこんなひどい仕打ちをしたのだろうか？　母はどうして一言も言ってくれなかったのだろう？　娘に警告して当然ではないだろうか。わたしがジュリアンの魅力にすっかりまいっていたことは、わかっていたはずだ。

あの長い年月、ジュリアンの両親とわたしの両親が交流を絶たずにいたのはなぜなのか。両家の秘密が明るみに出れば、家の存続そのものが危うくなるというのに。

「筋が通らないわ」気がつくと、トレーシーは声に出して嘆きの言葉をもらしていた。

「トレーシー？」

ジュリアンの心配そうな声に、トレーシーははっと顔を上げた。「何？」そう言いながら、彼女はあわてて腕で涙を拭《ふ》いた。

「大丈夫かい？」

いいえ。わたしは、二度と立ち直れないわ。

「わたし……大丈夫よ」トレーシーは動揺しながら答えた。「あなたは？」

ジュリアンはすぐには答えず、それがトレーシーを不安にした。ふたりのあいだの緊張は、ボートをもてあそぶ自然の脅威よりひどかった。やっと答えた彼の声は心地よいものではなく、彼女の心は沈んだ。

「やっと僕のことをたずねてくれたね。昏睡《こんすい》状態から覚めて以来、初めてだ」

ジュリアンの心の痛みを感じながらも、トレーシーは何も言えなかった。すべてをぶちまけたい衝動に負けそうだった。言ってしまえば何もかもが終わり、ジュリアンは二度と今までどおりの人生を送れなくなる。

ジュリアンは何か違うことを言いかけたが、そこで意味不明の悪態をついた。ボートが前触れもなく砂地に乗り上げ、突然止まったのだ。

トレーシーは椅子から滑り落ちながらも、なんとか踏みとどまった。まずいことに、乱暴に揺さぶられたジュールが泣きだした。ラウルの籠も横向きになっている。

ラウルは、こんな事態に備えて——子どもたちが怪我《けが》をしないように——ジュリアンが置いたキルトの上に転がり出ただけだったが、脅《おび》えたように泣きはじめた。その声にヴァレンタインも目を覚まし、あっという間に三人揃《そろ》っての大合唱となってしまった。

ジュリアンがボートの横から降りて、岸の先へとボートを引っ張り上げるあいだ、トレーシーは床に膝をつき、ラウルの籠をもとどおりにして、ジュールを籠に寝かせた。そして三人の真っ赤な顔にキスをすると、アイスボックスからがさごそと哺乳瓶《ほにゅうびん》を取り出した。

どこにでも持っていけて、ちょっとした衝撃では壊れない哺乳瓶がありがたい。ジュリアンがロープでボートを岸に固定し、戻ってくるころには、子どもたちは音をたててミルクを飲んでいた。トレーシーは三人の真ん中に座って、指を小さな手に握らせることで、暗い中でも母親がついていることを伝えた。

「ボートに傷は？」彼女はジュリアンにたずねた。彼はボートの両サイドのクッションのついた腰掛けに即席のベッドを作っている。

「ペンキがはげたくらいで、船体には問題はないようだ」

「ここはどこ？」

「さっきのレストランから数キロ離れた誰かの私有ビーチだ。ここなら嵐をやり過ごせる」

ああ、人生もこのように単純ならいいのに。

「なんということだ《モン・デュー》。こんなことになるはずではなかったんだが」

「自然は、あなたの部下ほど簡単には言うことを聞いてくれないわ」彼が自分を責めすぎないように、トレーシーは軽口を叩《たた》いた。

「そのようだな」そっけない返事に、ふたりの幸せに水を差すものなどなかったころの会話が思い出された。「トレーシー――」ジュリアンがその名前にこめる情熱は、いつでも彼女の鼓動を激しくする。

「子どもたちの世話は僕が代わるよ。とんだ災難だったね、少し横になったほうがいい」

「いいえ、ジュリアン」トレーシーはきっぱりと答えた。「あなたこそやすんで。何カ月も、ひとりで家族の面倒を見てきたのよ。今夜はあなたが眠っているあいだ、この子たちの世話はわたしにさせてちょうだい。子守りをあまり恋しがらないように、この子たちとの絆《きずな》を強めなければならないわ。わたしは、この子たちに愛してもらいたいの」トレーシーの声がつまった。

ジュリアンはハンドル近くに頭を置いて寝転んでいたにもかかわらず、トレーシーの耳にも彼が息を吸う音が聞こえた。「君は最初の一カ月、最も大事な期間で子どもたちとの絆を築いた。この子たちの人生のスタートに不足はなかった。今夜レストランで君にしがみついていた様子を思えば、子どもたちが君を愛していることに疑いの余地はないよ」

子どもたちがわたしにしがみついていた？ ジュリアンのことで頭がいっぱいだったので、トレーシーは夕食の席での子どもたちの仕草にまで頭がまわらなかった。見知らぬ人が顔を近づけたり、抱き上げたりしようとするたびに、子どもたちはジュリアンにするのと同じように、トレーシーに助けを求めていたのだ。

「教えてくれてありがとう」彼女は喉をつまらせた。「あなたは本当によくしてくれたわ」真っ赤になった頬をラウルのおなかで隠した。

「三十日間君を監禁する僕にも、それくらいのことは言ってくれるわけだ」

瞬時にして険悪な雰囲気が戻った。トレーシーの恐れていたのは、彼の心の痛みを聞くことだったが、今やそれは痛みでは収まらなくなっていた。怒りというかつての彼からは想像できなかった感情までがふくらんできている。トレーシーには彼に何が起ころうとしているのか見ているのが耐えられなかった。

「ジュリアン――」

「僕をやすませてくれるんじゃなかったのか」ジュリアンが冷たく遮った。

その辛辣《しんらつ》な言葉を最後に、彼が背中を向けたことで、会話は唐突に終わった。トレーシーにしてみれば、ほっとしても当然だった。実際、彼女が子どもの面倒を見るあいだ、彼が必要な睡眠をとってくれるのは嬉しい。けれども、彼女がいっこうに離婚の理由を話さないことで、ジュリアンの心を傷つけているのもわかっていた。

地獄を味わうなら、どちらがましだろう？　ジュリアンが今、味わっている苦しみか、それともわたしの告白がもたらす新たな苦しみか？　ルイーズが正しいのだろうか？　真相がわからないことがジュリアンを瀬戸際まで追いやってしまうのだろうか？

その夜ずっと――嵐が過ぎ去り、すべてが穏やかさを取り戻してもなお、トレーシーは子どもたちに腕をまわしたまま、自分はどうするべきか考えあぐねていた。朝が来ても彼女の苦悩は続き、結論は出なかった。

目を覚ましたジュリアンは、彼女の目の下の隈《くま》を見て、子どもたちに一晩じゅう手を焼いたのだろうと思ったらしい。彼はかすれた声で、なるべく急いで屋敷に戻ると告げた。そして、帰ったら何はともあれ、まずは寝るようにと言った。

トレーシーは反論しなかった。シャワーを浴びてきれいな服に着替えてからでも時間は十分ある。

ジュリアンに言うつもりはなかったが、トレーシーは少しばかり家の模様替えをしようと考えていた。

子どもたち三人をもっと近くにいさせたかったのだ。トレーシーは、イザベルと一緒の部屋で過ごした子ども時代の楽しさを覚えていた。この子たちにも同じ経験をさせてあげたい。

ベッドを三つ、同じ子ども部屋に置けば、真ん中の部屋はおもちゃやぶらんこなどを置く場所に使える。三つ目の部屋は、イザベルが滞在するあいだ、アレックスが使えばいい。

廊下をはさんで子ども部屋の向かい側にある使われていない客室は、トレーシー自身が使うつもりだった。あの部屋なら、子どもたちの声が聞こえる。三人の小さな体と声のそばで眠るのは、母親の特権だ。

イザベルには休養と静けさが必要だから、ローズ伯母の隣の部屋に泊まればよく眠れるだろう。ジュリアンが伯母に、子どものいる続き部屋から一番離れた廊下の端の部屋をあてがったのも、まさにそれが理由だった。子どもたちが彼女の眠りを妨げないようにと配慮してのことだ。

トレーシーはジュリアンが模様替えを快く許してくれることを祈った。少なくとも、記憶が戻り、子どもたちに人生を捧《ささ》げると決心した今、彼女が二度と逃げ出したりしないのはわかっているはずだ。

模様替えのことで頭がいっぱいだったおかげで、心の痛みに押しつぶされずにすんだ。トレーシーはジュリアンと共に屋敷に戻ると、自分の部屋に直行した。夫が子どもたちをお風呂に入れて朝食の面倒を見ると言ったときも逆らわなかった。

今、言われたとおりにしておけば、そのうち子どもたちは昼寝をし、夫は書斎で仕事を始めるだろう。そのときこそ、計画を実行に移すチャンスだ。

ソランジュだってこの計画を知れば、心から賛成して、メイドたちを呼んで、家具の移動を手伝ってくれるだろう。ジュリアンが子どもたちの様子を見にきて、トレーシーのやったことに気づくころには、模様替えはすっかり終わっているはずだ。

ジュリアンは、ここは彼女の家だと言い、そのようにふるまえばいいという許可を与えた。子どもたちのためとなれば、彼も文句は言わないだろう。何しろ、部屋はどれも広いのだから。

もちろん、彼が頑固に自分の意見を押し切る可能性もある。トレーシーには今彼女のいるジュリアンの続き部屋を使わせ、子ども部屋の前の部屋で自分が寝ると言い張るかもしれない。彼の言いそうなことだ。しかし、いちかばちかやってみるしかない。わたしは子どもたちと貴重な五カ月を過ごせなかったのだから、と言って説得できるかもしれない。空白の時を埋めるためには、子どもたちのそばで眠るのが一番なのだ。

トレーシーの心の奥で、彼から離れて眠れるなら、離婚を待つ日々も耐えしのぶこともできるはず、と言う声が聞こえた。

二時間後、シャワーを浴び、キッチンでたっぷりの朝食をとったあと、トレーシーはソランジュを捜した。

計画を告げるやいなや、彼女は手を叩いて喜び、そろそろこの家も家庭らしくするべきですよ、と言った。おしゃべりのソランジュは、実は子守りたちがいなくなってほっとしているんです、と打ち明けた。そんな彼女も、子守りたちが小さな三つ子をしっかりと世話してくれたことは認めた。

それでも、愛する母親《シエリ・ママン》に代わるものはないし、トレーシーが戻った今、この家の生活ももとどおりになって、幸せな日々が戻るはずだという。

トレーシーには、この会話の行き着く先が見えた。アンリとセレストのシャペール夫妻に対するソランジュの忠誠心は揺るぎないが、彼女が誰よりも大切に思っているのはジュリアンなのだ。トレーシーが彼と離れて眠ることを、ソランジュが許すはずがない。

だからこそ、自分の寝室を移動させることについては一言ももらすまいとトレーシーは決めていた。ソランジュにはじきにわかってしまうが、それでも彼女にはどうにもできないはずだ。

メイドのひとりが率先してジュリアンの居場所を確かめてくれた。キッチンに戻ってきたメイドの話では、子どもたちを寝かせたあと、ボートの損傷具合を確かめるため、管財人と一緒に個人所有の船着き場へ行ったらしい。

その報告に勇気づけられて、トレーシーとソランジュは、同じ男性を愛する女として長年育《はぐく》んできた友情のもとで、仕事に取りかかった。

一緒に模様替えをしながら、トレーシーはソランジュがジュリアンとトレーシーのあいだの本当の関係を知ったら、どれほどの衝撃を受けるだろうと考えていた。長く一家に仕えてきた彼女にとって、世界が崩壊するほどのショックではないだろうか。

ソランジュは敬虔《けいけん》なカトリック教徒だ。尊敬するかつての主人とトレーシーの母の情事は、彼女の目には最大の裏切りと映るだろう。

真実は、関係するすべての人に悲しみを運ぶ。トレーシーには、そんな真実を知らせる役になることなど耐えられなかった。

「おやすみ、かわいい赤ちゃんたち」数時間後、トレーシーは子どもたちにささやきかけた。「ゆっくりねんねしてね。愛しているわ」

ついさっき哺乳瓶を渡すために、ひとりひとり抱いたところだった。三人とも寝巻きに身を包み、寝る支度は万全だ。

トレーシーは子どもたちが同じ寝室にいるのを見て、満足そうに息をついた。ベビーベッド三つといくつかの家具を置いても、部屋にはまだまだ余裕があった。

彼女が薄い毛布をかける動きを、子どもたちはきらきらした瞳で追っている。三人とも、母親の深い愛情に包まれて幸せそうだ。トレーシーは、自分が一度に三人も産んだことがいまだに信じられなかった。

なんてかわいいのだろう！　彼らの美しい体型と顔立ちについては、夫に感謝しなければならない。

「僕たちは最高の子どもたちを作ったと思わないか？」

いつの間にかジュリアンが子ども部屋に入ってきていた。いったいいつから見ていたのか見当もつかないが、彼の言葉から察するに、ふたりとも同じ気持ちでいたらしい。

ふたりはいつもそうだった。お互いの心の中を知るために言葉はいらなかった。あの魔法のような時間の再現となった気がする。


トレーシーは息をひそめてきいた。「子どもたちを一緒に置いてもいいかしら？　ちょっと試してみたかったの。でも、メイドたちに手伝ってもらえば明日にはもとどおりにできるわ。ただ――」

「僕の両親が、ジャックやアンジェリークや僕を同じ部屋にしてくれたなら」ジュリアンがそっと言葉をはさんだ。「兄弟の絆はもっと強かっただろうな。屋敷は広すぎて、どの部屋もひとりでは寂しいんだ」

「わたしもそう思ったの」ジュリアンの言葉に勇気を得て、トレーシーは残りふたつの子ども部屋をどう使いたいかを説明した。

ジュリアンはトレーシーの唇の動きに注意を向けているように、目を細めて彼女を見ていた。だが、彼はもはや話を聞いているようには見えず、トレーシーの鼓動は乱れた。

「それで問題は」気を散らすジュリアンの視線を避

けながら、彼女は息をひそめて言った。「もう……子守りはいないのだし、子どもたちのそばにいたいから——」

「ふたりでこの階に移ろう」ジュリアンがあっさりと言った。「廊下に面した続き部屋の好きなほうを選べばいい。僕は残ったほうを使う」

「でもジュリアン——」彼女はパニックに陥った。こんなはずではなかった。彼と距離をおくつもりだったのに。これでは、今まで以上に顔を合わせることになる。

「子どもたちのことはふたりの問題だ。僕にできることはなんでもするし、夜、子どもたちをあやすのも交代でやる」彼はふらりと戸口へ向かい、子ども部屋の明かりを消した。「子どもたちも寝たことだし」彼は低く柔らかな声で言った。「早速引っ越しを始めようか。お互い助け合えばいいだろう」

トレーシーの顔と首がほてった。「あ、あのね、わたしはもう自分の部屋の荷物を移してあるの」

ジュリアンの黒い瞳の奥で何かが揺れた。彼女はまたしても彼の胸に短剣を突き刺してしまった。決して癒《いや》されない傷を再びつけたのだ。

「それなら、僕も必要なものをまとめて君の隣に移るとするよ。さあ、おいで。明日の計画を立てよう。野生の花が咲く野原まで車で行くのもいいんじゃないかと思うんだ」

やめて、ジュリアン。

「あさってにはイザベルが来るだろう」彼は続けた。「彼女は君ほど自然愛好家ではないから、明日のうちに外の空気を楽しもうかと思ってね。花に囲まれてのピクニックは、子どもたちにとっても最高だ」

それ以上言わないで。そんなに愛情をそそいだり心を配ったりしないで。あなたが何をしようとしているかはわかるけれど、結局はもっと傷つくだけだわ。

震える手を隠そうと、トレーシーはジーンズのポケットに手を突っ込んだ。「決めるのは明日にしない？　あなたがかまわなければもう眠りたいの。思っていたより疲れたみたい」

「当たり前だ」ジュリアンがつぶやいた。「僕が寝ているあいだ、君は一睡もせずに子どもたちの面倒を見ていたのだから。今夜は僕が子どもたちを見るよ。おやすみ、僕の愛する人《ボン・ヌイ、モナムール》」

ジュリアンが彼女の部屋のドアを開けた。トレーシーは彼の前を通らざるをえなかった。

それが間違いだった。

トレーシーの腕がジュリアンの胸をかすめた瞬間、新婚旅行での情熱がよみがえった。ちょっと彼に触れただけで、彼を求める気持ちがトレーシーの全身を貫いた。それを悟られるのが怖くて、彼女はベッド脇《わき》のテーブルへ急ぎ、受話器を取り上げた。

ジュリアンがまだ戸口にいることなど知らないふりをして、サンフランシスコのイザベルの番号を押した。スイス時間の十時は、向こうの朝の七時のはずだ。

イザベルが電話に出たとたん、トレーシーはわざとらしいほど熱をこめて、子どもたちのことや、イザベルの訪問を前にアレックスのために用意した計画についてまくし立てた。

ずいぶんたって、死の宣告のようにドアの閉まる音がした。ジュリアンは出ていった。彼女が締め出したのだ。こんなことを続けていれば、いつか必ずそのつけがまわってくる。それがどんな形で訪れるのか、トレーシーは怖かった。こんな状況で明日、彼とピクニックに行けるはずがない。

子どもが一緒であろうとなかろうと、暖かな太陽の下、花に囲まれて寝転がったら最後、何が起きても不思議はない。今ジュリアンとふたりきりで出かけるのは、自ら悲劇を招くようなもの。問題外だ。

8

トレーシーは身支度を整えベッドにもぐり込んだ。姉が今ここにいてくれたら、と願わずにいられなかった。ジュリアンの瞳にちらりと浮かんだ激情が脳裏から離れず、とても眠れそうにない。ほとんど一晩じゅう、彼を思いとどまらせる方法を考えて過ごした。イザベルが来るのが待ちきれなかった。

夜が明けるのを待って、子どもたちの様子を見に部屋へ急いだ。

驚いたことに、髪の乱れも魅力的なジュリアンがローブ姿でラウルを抱いて室内を歩きまわっていた。ラウルが熱を出したのだ。ボート遊びのとき、機嫌が悪かったのは熱のせいだったのだと、トレーシーは今になって理解した。

「あとはわたしが」強い口調でそう言うと、彼の腕から赤ん坊を奪い取った。ジュリアンが素直にラウルを渡すのは、彼が相当疲れている証拠だ。目や口のまわりには疲労による皺《しわ》ができ、顎のあたりにかすかないらだちが見えるが、その容貌《ようぼう》はいつもより彼女を魅了した。見とれていることに気づかれたくなくて、トレーシーは彼から視線をそらした。

首筋をもみながら、ジュリアンが言った。「三十分前に熱冷ましのアスピリン液を少し飲ませた。でも下がるかどうか」

「下がらなければ、ドクター・シャピアのオフィスに電話するわ。少しやすんだらどう？　悪くなるようだったら必ず知らせるから」

彼は首を横に振った。「ヴァレンタインとジュールがそろそろ起きるころだ」

「ジュリアン、世界には、うちよりも大家族の世話を一手に引き受けている女性が大勢いるのよ。わたしにまかせて」

彼は思いっきり背伸びをした。「君は退院したばかりで、まだ本調子じゃないから」

ああ、ジュリアン。「わたし、見かけほどやわじゃないのよ。バスルームの体重計で測ったら、もう二キロも増えていたし。本当よ」彼の疑わしそうな様子を見てトレーシーはきっぱりと言った。「病院に閉じ込められていたときは食欲もなかったわ。でも退院したら、何を食べてもおいしくて」

ラウルの背中をとんとん叩《たた》いてあやしながらも、トレーシーはジュリアンの心の迷いを感じ取っていた。体重が増えたのは一安心だが、あとのことすべてを彼女にまかせていいものかどうか決めかねているのだ。

そんなジュリアンを促すように彼女は言った。

「あなたも、気をつけないと、風邪がうつるわよ、だから――」

「ラウルが風邪なら、とっくにうつされているよ」ジュリアンは冷たく遮った。「だから、そんなことは問題じゃないさ」そう言って、彼はラウルの頭にキスをし、続いて無防備なトレーシーの唇に自分の唇を重ねると、子ども部屋を出ていった。

ショックでトレーシーの膝が震えた。

ほんの一瞬、かすかに触れただけだった。それなのに体の芯《しん》まで反応して、彼女を脅かした。こんなことが起こりうる状況に、決して自分を置かないと決心していたというのに。もう二度と、こんなことは起きてはならない。

ジュリアンが彼女をシャトーにとどめる目的はひとつ、彼女の隙《すき》をついて、そこを攻めることなのだ。どうしてそれを忘れていたのだろう？　トレーシーは自分が子どもに気を取られて不注意になっていたことに気づいた。

今月末にジュリアンのもとを去るまで、同じ過ちは繰り返すまい。もっと確実な手を打とう。トレーシーは心を決めた。

子どもの具合が悪いのは困りものだったが、ラウルの体調のおかげでその日の午後ジュリアンが計画していたピクニックは中止となった。トレーシーの読みが正しければ、ヴァレンタインとジュールもじきに熱を出すはずだ。しばらくは散歩も休みで、そうこうするうちイザベルもやってくるだろう。イザベルなら、妻を手放すまいとする彼の企てを阻んでくれる。理由がなんであれ。

でも、もし彼が本当の理由を知ったとしたら？ 自分の感情を押し殺してわたしをただの腹違いの妹と思えるだろうか？ 今後、異性としての激しい欲望を消し去り、肉親としての穏やかな愛情で彼女に接することなどできるだろうか？

トレーシーにはすでに答えがわかっていた。彼が自分の異母兄であることを知ってから一年が過ぎたが、彼に対する気持ちは決して変わらなかった。

それどころか、以前よりもずっと強い気持ちで彼を求めるようになっている。ジュリアンのことを考えると、彼の腕に抱かれて眠りたい、彼のものでありたいという気持ちをどうしても消すことができないのだ。

彼だって同じだろう。

だからこそ両親の秘密を明かしても、なんの意味もないのだ。

トレーシーがシャトーに戻ったのは、これ以上彼の妻ではいられないことをはっきりさせるためだった。それがすべてだった――たとえどんなに残酷であろうとも……。

トレーシーはイザベルをちらりと見てたずねた。

「疲れたんじゃない、イザベル？ この先にベンチがあるから、座りましょう」

「じゃあ、ちょっとだけ。だけどアレックスがいい子にしていられるかしら」

トレーシーはふたり用のベビーカーに乗っている子どもたちをじっと見つめた。どういうわけか、甥《おい》のアレックスはヴァレンタインが大のお気に入りで、一緒にベビーカーに乗ると言って聞かなかった。だが、やんちゃざかりの二歳の子どもは、湖に浮かぶあひるやボートを眺めようと立ち止まったとたんにベビーカーから這《は》い出してあたりを駆けまわった。ヴァレンタインがまだ幼すぎて自分と一緒に走れないことなどわかっていないのだ。

イザベルは腰を下ろすと、深くため息をついた。まだ妊娠四カ月なのに、すでに六カ月にも見える。

「学生時代、午後によくこの道を散歩したころ、ふたりがそれぞれの子どもを連れてここを歩くなんて思いもしなかったわね」

「そうね」トレーシーはほろ苦い気持ちでつぶやいた。「あそこの哀れな木を傷つけちゃったこと、覚えている？　ほら、インドラがジャックの車で突っ込んだときのこと」

イザベルは吹き出した。「苦労してみんなから修理代を集めて、ばれないようにしたわね。ところでジャックは？　ここへ来て二週間になるけれど、一度も顔を見せないわね」

「わたしも会っていないの。たぶん外国に出張よ」

「ジュリアンの差し金だわ、きっと。ジャックがあなたにちょっかいを出してから、ふたりのあいだに溝ができたのよ。その溝は深まるばかりだって、アンジェリークが言っていたわ」

「ずっと昔の話よ、イザベル」トレーシーは言い訳をしたものの、心が痛んだ。ジュリアンが意図的にジャックを遠ざけているなんてことがあるだろうか？　わたしが離婚したがっている理由がジャックにあるとでも思っているのだろうか？

「ねえ、トレーシー。ジュリアンの名前が出たところで、本当のことを話して。今月末にここを出ていくつもりなのは聞いたけれど、なぜなのかどうしてもわからないの」

「前にも話したでしょう。結婚を解消したいの」

イザベルは黒髪の頭を後ろにそらし、途方に暮れた表情を浮かべた。「正気なの？　ジュリアンはあなたを心の底から愛しているわ。あなたしか見ていないじゃないの。わたしにはわかるの。だってわたし、彼の気を引こうとしてあらゆる手を尽くしたんだもの。でも彼ったら、わたしのことなんかまるで眼中になかった。こんなことを言うのはなんだけど、彼があんまりあなたに夢中だったから、あなたを恨んだ時期もあるのよ」

トレーシーは思わぬ告白にはっと振り返り、姉を見つめた。「冗談でしょう」

「本当よ。あのころ、あなたが妬《ねた》ましくて仕方がなかった。あんまり妬ましかったからブルースとの結婚をすぐ決めたのだと思う。だってサンフランシスコのあのパーティで彼がわたしたちふたりに初めて会ったとき、彼はわたしを選んでくれたんだもの、あなたではなく、このわたしをね」

「イザベル……」トレーシーがつぶやいた。「知らなかったわ」

「いやだ、ずっと昔のことよ――」イザベルは安心させるような笑みを浮かべた。「それに欠点だらけの人だけれど、わたしは夫を愛しているわ。彼と離れているとよくわかるの。ねえ、トレーシー、わたしがこんな話を持ち出したのは、あなたのせいでジュリアンが傍目《はため》にも痛々しいほど苦しんでいるからよ。見ていられないわ。ジュリアンはわたしの憧《あこが》れの人よ。いったいどうして、そんなに邪険に扱えるの？　なぜ彼をひとりぼっちにするの？　わけを教えて」

トレーシーはきつく目を閉じた。「話したでしょう。わたしたちはもう終わりなの。自由になりたいのよ」

「なぜ？　あなたはもう子どもが欲しくないのに、それを言えずにいるんじゃないかって、アンジェリークは思っているわ。でもそれなら打つ手はいくらでもあるでしょう」

「ねえ、気持ちはありがたいけれど、よけいなお世話よ。ジュリアンとわたしはもう終わりなの」

「わたしにまでそんなこと言わないで。ずっと見てきたからわかるんだけど、あなたが彼を嫌いになんかなれっこない。実際、わたしたちがもうスイスに行けないとわかったとき、すっかり神経がまいってたじゃないの」

「あのころは彼に夢中だったもの。わたしも成長したのよ、イザベル」

イザベルは首を振った。「そんなの信じない。一瞬たりともね。嘘《うそ》に決まっているわ、トレーシー。ジュリアンは何も言わないけれど、彼だってあなたが嘘をついていることくらいお見通しよ」

ちょうどそのときアレックスがベビーカーから降りたので、トレーシーは急いで立ち上がって道に飛び出そうとする彼を捕まえなければならなかった。アレックスにキスをしてぎゅっと抱きしめてから、彼女は言った。「あなたの坊やは飽きちゃったみたいね。うちの子たちもおむつを替えて何か食べさせないと。車に戻りましょう」

「まだ話は終わっていないわ、トレーシー」

「いいえ、終わりよ、イザベル」怒ったようにトレーシーはつぶやいた。「おわかり？《テュ・コンプラン》」

「ばかなことを言っていればいいわ。でも、あなたの考えなんて手に取るようにわかるの。黙って見ているつもりはないわ」

トレーシーは怒った顔でくるりと振り返った。

「あなたたち夫婦の問題にわたしが口出ししたことがある？」

「ないわ」イザベルは言い返した。「確かにブルースとわたしもいろいろあるわ。だからつわりが治らないのよ、きっと。でも幸い、ジュリアンがいい方法を教えてくれたわ」トレーシーはそう聞いても驚かなかった。ほかの人にはできなくても、ジュリアンにならいつでもイザベルを納得させることができるのだ。「明日家に帰ったら、ブルースに相談してみるつもり」

「それがいいわね。でも正直言うと、あなたにはまだいてほしいわ」

「わたしだってあなたを置いていくのは心残りよ。でもゆうべのブルースの声が本当に寂しそうで」

「そうでしょうね。わがままを言ってごめんなさい。彼はあなたに夢中で、わたしは彼のそんなところが好きよ」

「それなら、もしわたしが突然ブルースに離婚を切り出したら、あなたはその理由は聞きたくないなんて言う？　真実は追及しないでおこうと思う？」

「思うわ。あなたの結婚はあなたが考えることよ。自分のしていることがきちんとわかっていると信じているから、どうすべきかなんて忠告するつもりはないわ」

「忠告しようなんて、わたしだって思っていないわ、トレーシー。ほんの少し正直になってもらいたいだけ。ママもパパももうこの世にはいないんだもの。ローズ伯母様に言えないのなら、わたしに言って。力になりたいの、お願いだから」彼女はこみ上げる感情に声を震わせた。

トレーシーは姉の誠意が身に染みた。年月を経て、ふたりはこれまでになく親密になっていた。おそらく、お互い母親になって、共通の関心事ができたからなのだろう。今、姉に去られるのは本当につらい。

でも、もっと悪いことは、またジュリアンとふたりきりになることだ。そう考えただけで、トレーシーの体が震えた。

彼女はあえぐように言った。「わたしの話したことは本当よ。でも、ジュリアンと同じで、あなたがそれを信じないだけ。わたしがここを逃げ出したのもそのせいなの。取り合ってもらえないのがわかっていたから。どうやらあなたも同じようね」彼女は沈んだ声で言った。「残念だわ」

「わたしのほうがもっと残念よ。あなたがジュリアンにしていることは間違っているわ、トレーシー。いつの日か、きっとその過ちに気づくはずよ」

イザベルがルイーズのようなことを言いだした。これ以上は耐えられない。トレーシーは会話を遮るように急ぎ足で車に向かった。

ジュールとラウルは眠っていたが、母がいきなりベビーカーを動かしたので、とたんに目を覚まし、ぐずりはじめた。だが、トレーシーは歩調をゆるめなかった。イザベルに追いつかれたくはなかったのだ。

堂々巡りの言い合いを続けたくはなかった。お互いに何もかも知りつくしているかけがえのない姉を――これまで、人生のいいことも悪いことも分かち合ってきた――巻き込むわけにはいかない。

永久にジュリアンのもとから去るまで、あと七日ある。どうやって彼と距離をおくかを考えようにも、トレーシーにはその気力が残っていなかった。

シャトーに戻ったとき、まるで運命が彼女の行く手を阻むかのような、大騒ぎが持ち上がった。アレックスがヴァレンタインとさよならしなければならないと知って癇癪《かんしゃく》を起こしたのだ。

足をばたばたさせ、金切り声をあげて、手のつけられなくなった息子を、イザベルがシャトーの中に運んだ。入れ替わりにジュリアンが出てきて、トレーシーに手を貸した。トレーシーが娘をベビーカーから抱き上げているあいだ、彼は息子たちに手を伸ばして、ブロンドの頭にキスをした。

「どうかしたのかい？」ジュリアンは妻から視線を離さずに小声でたずねた。

「アレックスがヴァレンタインのとりこになってしまったみたいなの」

そう言ったとたん、トレーシーは身震いした。なんということだろう。歴史は繰り返すものなの？

黒髪のかわいい従妹《いとこ》に対するアレックスの執着は、ふたりのつらい関係の始まりなのだろうか？

ジュリアンの目が熾火《おきび》のように燃え上がった。

「無理もないさ。この子は母親にそっくりだからね」

彼の低いつぶやきを聞いてトレーシーはますます動揺した。このふたりのいとこが一緒に育ったとき、行き着く先は恋愛なのだろうか？　またひとつ家族の秘密が？　またひとつ悲惨な結末を呼ぶ嘘が？

トレーシーはぞっとして、思わず娘を抱く腕に力がこもった。ヴァレンタインがもがきだし、はっとして娘の頬にキスをした。ヴァレンタインにも息子たちにも、絶対そんな目には遭わせない。

何カ月かすれば、イザベルにまた息子か娘が生まれる。いずれはアンジェリークやジャックも子どもを持つだろう。この先ずっと一族の集いや休暇がある……。

今すぐ子どもたちを親類から遠ざけなければ。

イザベルが遠くに行ってしまうことが、にわかに嬉《うれ》しく思われた。いくらアレックスがかわいくても、ヴァレンタインに近づけるわけにはいかない。

胸がよじれるような考えがよぎった。今度生まれてくる姉の子が、シャペール姓の男性に惹《ひ》かれる宿命を持った女の子ではありませんように。絶対にそんなことが起きないように、今のうちになんとかし

「どなたが……見えるの？」

「アンジェリークに手伝ってもらって、招待客のリストに共通の友人を入れた。君はもうずいぶん声を出して笑うことも、くつろぐこともなかったから、今夜の集まりで、気分が明るくなればいいんだが」

大きなかたまりが喉につかえ、トレーシーは唾《つば》をのみ込むこともできなかった。ジュリアンは心の広い人だ。いつも自分のことは後回しで、他人のことばかり考えている。イザベルを楽しませようということについては、確かになんの計算も働いていないのだろう。

でも、わたしの人生に笑い声をもたらすのは、子どもたちから与えられる喜びだけだ。近いうちに、ジュリアンもこの結婚に未来がないことを知り、手に入らないものを追い求めるのはあきらめるだろう。

だがその前にまず、今夜を乗りきらなければならない。トレーシーはそっとたずねた。「お客さまはなくては！

「かわいい人《ミニヨンヌ》？」ジュリアンの心配そうな声で、トレーシーは現実に引き戻された。「顔が真っ青だよ。どうかしたのかい？」

なんて鋭い人なのだろう！「なんでもないわ。おいしい夕食でも食べれば治るわ」安心させるためにでまかせを言って、トレーシーは玄関に向かった。

「なぜか、そうは思えないんだが」ジュリアンも彼女について玄関ホールに入った。「明日イザベルが行ってしまうからだろう。でも、僕の計画を聞いたらきっと元気が出るよ」

トレーシーは階段の一段目で足を止め、彼に顔を向けた。「どういうこと？」

ジュリアンの魅力的な口元が、かすかな笑みでほころんだ。「今夜、君と僕の主催で、イザベルのためにお別れパーティを開くんだ。ダイニングルームの準備はすべてソランジュが整えてくれた」

何時に見えるの？」

「まだ一時間あるから支度するといい。イザベルにも伝えてくれないか？　メイドにはもう子どもたちの世話をして、寝かしつけるように言ってある」

「じゃあ、急いだほうがいいわね」

返事も待たずに、トレーシーはヴァレンタインを抱いて階段を駆け上がった。

悔しいことに、ジュリアンはまたしてもトレーシーを、ふたりの距離をおくどころか、どうしても夫婦で協力し合わなければならない立場に追い込んだのだ。

そのあたりをしっかり計算して、彼はこう伝えたのだ。君の仕事はこの館《やかた》の女主人として正装し、アンジェリークをはじめとする、僕らの学校時代の旧友をもてなすことだ、と。

ジュリアンのやり方は、トレーシーが誰よりもよく知っている。彼は結婚生活を守る闘いの中で、トレーシーをどうすることもできない立場に追いやろうとしている。このパーティを断れば、姉が傷つくのを百も承知なのだ。

それからの数時間は、ぼんやりと過ぎていった。トレーシーには、招待客を温かくもてなし、陽気にふるまう以外、道はなかった。ローズ伯母が、外で食事をし、バレエを見ると言って友人たちと出かけたのも単なる偶然ではない。

パーティに集まった人々の目には、トレーシーはシャペール家の完璧《かんぺき》な女主人に映ったに違いない。装いも、控えめな黒のシルクのドレスで、改まった席にふさわしいものだった。

初めは皆に共通する少女時代の学校生活の話題に花が咲いたが、やがて会話の中心は愛らしい三つ子と、トレーシーとジュリアンの結婚話に移った。

この部屋に集まった女性は多かれ少なかれ、アンジェリークの兄に熱を上げた時期があって、そのことをみんな率直に認めた。友人たちはそれぞれトレーシーの恋にまつわる逸話のひとつやふたつ持ち合わせていて、彼女の熱中ぶりや、彼がケンブリッジ大学から戻ってくるずっと前から、彼の写真を肌身離さず持ち歩いていたことなどを暴露した。

だが、とどめの一撃《クー・ド・グラース》はイザベルの話だった。彼女はトレーシーが心の奥にしまっていた秘密をみんなの前で披露したのだ。

「バースデーケーキの十八本の蝋燭《ろうそく》を吹き消したあと、トレーシーはわたしになんと言ったと思う?」イザベルはテーブル全体に聞こえるような声で、ジュリアンに言った。「あなたと結婚して一生ここで暮らすと言ったの。わたしの記憶が正しいとすれば、あなたにそっくりなハンサムな男の子を六人産むとか言っていたわよ」

「だとすれば、滑り出しは上々ね」皆が心から笑い声をあげる中、アンジェリークがからかった。

誰ひとり、自分たちがトレーシーに苦痛を与えていることなど知るよしもない。彼女は視線をそむけ、ジュリアンの目を避けた。からかうようなまなざしが、片時もトレーシーの顔から離れないところをみると、彼はイザベルが明かした話に、心から喜びを感じているようだった。

ジュリアンはトレーシーが自分に夢中だったという話を女性客に披露させて楽しむ一方で、あえて沈黙を守った。その作戦が功を奏し、客たちはさらにいろいろな話を暴露する。おかげで、トレーシーの受けた傷は計り知れないほど大きかった。

熱のこもったやかましいおしゃべりの合間から、トレーシーは彼の心の声が聞こえるような気さえした。〝みんな知っているんだよ、君がずっと僕を愛していたことを。そしてそれは、これからも変わらないんだ。君が結婚に終止符を打とうとするのを、僕が許すわけはない、僕の愛する人《モナムール》〟

突然、トレーシーは耐えきれなくなった。気がつくと、今と同じ、まさにこのテーブルで両家が顔を揃《そろ》えた食事会を思い出していた。

どうして母もアンリ・シャペールも、こんなことになるまで手をこまねいて見ていたのだろう？　手遅れになる前に、どうして止めてくれなかったの？

激しい苦痛に襲われ、トレーシーは化粧室に行くと断って、急いでホールから逃げ出した。

その判断は間違っていなかった。子どもたちの様子を見ようと階段を上っていくと、ヴァレンタインがメイドをてこずらせていた。ほてった小さな顔を一目見て、トレーシーは察した。息子たちの風邪は治って、今度は娘の番だ。

誰にも病気になどなってほしくないし、愛《いと》しい自分の子どもならなおさらだが、ヴァレンタインの具合が悪くなり、階下に戻れなくなって、彼女はほっとした。

ほどなく、ジュリアンが子ども部屋にやってきた。濃紺のスーツで正装した彼は、はっとするほどハンサムだった。「いったいここで何をしているんだ？」

彼がこんな言い方をすることはめったにない。本気で怒っているのだ。ヴァレンタインも敏感に感じ取って、トレーシーに首にしがみついてきた。

「ごらんのとおりよ」トレーシーは低い声で言った。「この子の具合がよくないの。パーティが始まる前から少し顔が赤かったから、様子を見に来てみたの」

あながち嘘ではなかったが、そのときは娘の頬が赤いのは、冷たい秋風のせいだと思っていた。

苦りきった顔で、ジュリアンはヴァレンタインの額に手を当てた。「なんということだ、これはひどい！　燃えるようだ」苦しそうな娘を見やると、ジュリアンの顔から不機嫌な色が薄れ、ある種の落胆と不安が浮かんだ。

トレーシーは夫の目は見ず、これ幸いとばかりに言った。「この子の熱を下げないと。あなたは戻ってお客さまと一緒にいて。みんなには申し訳ないけれど、わたしはヴァレンタインのそばにいてやらないといけなくなったって伝えてちょうだい」

何かをはらんだ沈黙が流れ、ジュリアンが極度に緊張しているのがわかった。「この子は確かに病気のようだが、ついさっき、君が飛び出していったのは、そのせいじゃない」

「お願い、ジュリアン、子どもが脅《おび》えるわ」

彼は毒づいた。「いつまでも子どもを盾にするのはやめることだ。今夜はこれで終わったわけじゃない」荒々しい警告だった。

夫が行ってしまったとたん、トレーシーは力が抜け、娘にすがりついた。それでも、いくらか気力が戻ってくると、熱を下げるために、アスピリン液を飲ませ、廊下の向かい側の自室に連れていった。

ダブルベッドは子どもとふたりで寝てもまだ余るほど大きかった。こうして一緒に眠れば、ヴァレンタインが息子たちを起こしてしまう心配もないし、ずっと起きていなくても、様子はわかる。

トレーシーには何よりもヴァレンタインの小さな温かい体が与えてくれる安らぎが必要だった。惜しみなく愛情を捧《ささ》げられる相手が必要だった。愛することが間違ったことでも、許されないことでもない相手が。

母親の両腕に包まれたことで求めていた安心感が得られたのだろう、ヴァレンタインが瓶入りのりんごジュースを半分飲んで眠ってしまうのと同時に、トレーシーもまた眠りに落ちた。

翌朝、目覚めると、ベッドにはトレーシーひとりだった。メイドが起こしに来たはずはないから、夜のうちにジュリアンがこの部屋に入ってきたのだ。

なぜ来たのかは、わかっている。

この三週間、ジュリアンは約束を守り、一度もベッドを共にしようとはしなかった。だが、昨夜の出来事で、彼は急に抑えがきかなくなってしまったのだ。ジュリアンの忍耐もいよいよ限界に来ている。

パーティの最中、意を決して彼のほうを見るたびに、長いダイニングテーブルの端からでさえ、その目に浮かぶむき出しの欲望が認められた。恐ろしいことに、その激しさに反応してトレーシーの体がぴくっとするのを、彼は決して見逃さなかった！

トレーシーは両手に顔を埋《うず》めた。

ゆうべ、ジュリアンはとうとう自分を抑えきれなくなって、ここに来たのだ。

眠っていてよかった！

横で眠るヴァレンタインに、彼が気づいてくれて、本当によかった！

でも、次は？　子どもたちが皆、元気になって、わたしがひとりで眠っているとわかったときには？

彼女はベッドの上にはね起きた。次の機会などあってはならない。

イザベルは明日の午後の飛行機で発《た》つ。ヴァレンタインの病気を口実に、わたしはここで彼女を見送ろう。

ジュリアンが空港までイザベルを送っていき、子どもたちが昼寝をしているうちに、そっと抜け出して、街のホテルに部屋を予約すればいい。

丸一カ月一緒に暮らすという約束は、もはや重要ではない。わたしは今日をかぎりに、この家を出ていくのだ。

9

　子どもたちがやっと眠った。最後までぐずっていたヴァレンタインも、ついに静かになった。

　トレーシーはちらりと腕時計に目をやった。四時十分。ジュリアンとローズ伯母は、イザベルを見送りにジュネーヴ空港へ向かった。キッチンでソランジュとお茶を飲むにはちょうどいい時間だ。

　そしてソランジュが見ていない隙《すき》を狙《ねら》って、かねてからキッチンの引き出しに隠しておいた財布を持ち、裏口からこっそり抜け出す。わたしが消えたことに皆が気づくころには、すでに鍵《かぎ》をかけたホテルの一室で、ほっとしているはず。そしてホテルからソランジュに電話をして、ジュリアンが戻るまでに赤ん坊を連れてきてもらう。

　子どもたちの顔をもう一度眺めてから、トレーシーは忍び足で子ども部屋の戸口に向かった。だが、彼女が部屋から出ることはなかった。大きな岩のようなものが行く手を阻んだからだ。

「ジュリアン！」

　トレーシーはその衝撃によろめいたが、ジュリアンの男らしい体に引き寄せられた。ショックで見開かれたトレーシーの目が、彼の黒い瞳にそそがれた。「ここで何をしているの？」

　ジュリアンの口元にはうっすらと笑みが浮かんだものの、目は笑ってはいなかった。「見送りはローズにまかせた。そうすれば、残りの午後は誰にも邪魔されずにふたりだけで過ごせるからね」

　ああ、神様。この人は気づいていたのだ！

「でも、ヴァレンタインが――」

「眠っているよ。それに必要ならメイドもいる」

口がからからに乾き、トレーシーは声を出すのもやっとだった。「でも、ひとりにはしておけないわ」

「そうかな？」今やジュリアンの口元には怒りが表れていた。「だったら、これはなんだ？」彼はシャツの胸ポケットに手をやって、彼女の財布を取り出した。「僕は君がこれをキッチンの引き出しに隠すところを見た。君は僕が書斎にいると思っていたようだが。君が何を企《たくら》んでいるかくらいお見通しだよ、かわいい人《プティート》」

ジュリアンの目は激しい怒りにぎらぎらしていた。

「こうして君がクリニックで交わした約束を破ったからには、僕らのあいだの取り引きはなかったことになる。一年も待ちつづけたんだ。僕は自分の妻を抱くつもりだ。もう止めることはできない」

「だめよ！」トレーシーの叫びにも、ジュリアンは耳を貸さなかった。それどころか、目にも留まらぬ速さで彼女を抱き上げ、残酷なほどしっかりと抱きしめたまま、かがみ込んでキスをした。息ができないほど激しいそのキスに、トレーシーはかすかにうめき声をあげただけだった。それから彼は廊下に出てそのまま階段に向かった。トレーシーは逃亡への道がすべて断たれたことを悟った。

ジュリアンは肉体的な力もさることながら、常に感情をしっかり自制する強さも持ち合わせていた。例外はたった一度。ジャックに向かって、二度と彼女の前に姿を現すなと言って脅したときだけだった。ジャックはすっかり震え上がり、それ以来トレーシーはいっさい彼の姿を見たことがない。

だがこの一年で、ジュリアンが負った傷はあまりに深かった。そしてとうとうトレーシーによって限界まで追いつめられた。ルイーズも言っていたではないか。結局は彼を追いつめるだけだと……。

彼の寝室がある三階まで行くあいだ、死に物狂いで抵抗したせいで、トレーシーはすっかり疲れきっていた。

　ベッドに下ろされたときには、もう抗《あらが》う気力さえなかった。ジュリアンは彼女が抵抗をやめた瞬間を感じ取り、大きな体で彼女に覆いかぶさった。そして長いあいだ抑えつけていた欲望に突き動かされるように、無我夢中で彼女を愛しはじめた。

「やめて、ジュリアン！」喉元に激しいキスを浴びながらも、トレーシーは叫んだ。このままいけば、取り返しのつかないことになってしまう。「こんなことをしてはだめ。わたしたち、罪を犯しているのよ！」ジュリアンは相変わらず甘く香る彼女の肌に唇を寄せている。やがてトレーシーの足の指に、彼のふっと笑う息がかかった。「僕らは夫婦なんだよ、僕の愛する人《モナムール》。だからもし罪があるなら、それは愛し合うことがどれほどすばらしいかをもう一度感じることだけだ。君が逃げたのも、それが理由かい？僕の腕の中で我を忘れるのが怖かったから？世界のどこよりも君がいたい場所が僕の腕の中だと認めるのが恐ろしかったからかい？」

　ジュリアンはトレーシーの顔を両手で包んで、返事を促した。

「さあ、本当のことを言ってごらん、かわいい人《ミニョンヌ》。もう嘘《うそ》はつかないで。なぜか君のお父さんの人生には、ピューリタンのようなところがあった。お父さんから、僕らのように男と女が互いに喜びを与え合うのは罪だと教えられたのかい？」彼はやさしくトレーシーを揺すった。「そうなのかい？」

「いいえ……」トレーシーはうめきながら、首を振った。涙がとめどなくあふれてきた。「彼はわたしの父ではないの、ジュリアン」

　ジュリアンはぴたりと動きを止め、黒い眉をひそめた。「いったい何を言っているんだ？」

　トレーシーは自分を奮い立たせるように、大きく息を吸い込んだ。「アンリ・シャペールが、わたしの本当の父親なの。あなたとわたしの」

トレーシーを愛することに熱中していたジュリアンは、彼女が何を言っているのかわからなかった。まばたきして、彼女を力いっぱい抱きしめただけだった。

ああ、神様、どうかわたしを助けてください。

「あなたはわたしの腹違いの兄なのよ、ダーリン」

トレーシーのささやき声は、苦渋に満ちていた。

「わたしはあなたの異母妹なの。あなたのお父様が、死の床で最後の儀式の前に、わたしに告白したの」

深い森の中を徘徊《はいかい》する獣のような、不思議なほど荒々しい表情がジュリアンの顔に浮かんだ。そこにはこれまで彼女が見てきた悪夢をしのぐほどの恐ろしさがあった。

「嘘だ」ジュリアンが食いしばった歯のあいだから、うめくように言った。目から輝きが消えた。

「いいえ、嘘ではないの」トレーシーは彼のこわばった顎を両手で包み込んだ。そのままにしておいたら、恐れていたように彼は一生冷たい、まるで死んだような表情になってしまう。「あなたや、ジャックや、イザベルが生まれたあと、母とあなたのお父様は関係を持ったの」涙をこらえながら説明した。

ジュリアンは体をこわばらせたまま、身じろぎひとつしなかった。トレーシーが話すあいだ、すべてを吸収し、なんとかしてそれが間違いであることを証明しようと必死だった。だが、そんなことをしても何もならないのだ。長いあいだ、トレーシーもまた同じ努力を繰り返してきたのだから。

ジュリアンの胸が苦しそうに持ち上がった。「本当のことを言っていると神に誓えるかい?」

「ええ、誓えるわ。わたしがどれほどあなたを愛しているか、あなたも知っているはずよ。あなたに嘘はつけないわ」涙ながらに、トレーシーは答えた。

「なぜ、わたしが姿を消したと思うの? とても耐えられなかったからよ」

トレーシーは彼の喉元が大きく動くのを見ていた。まるで不治の病にかかって、痛みが彼を食いつくすかのようだった。「つまり、司教の前でも誓えるというんだね」

「ええ」

「なんということだ《モン・デュー》」

彼のつぶやきは、まるで死人の口から発せられたかのようだった。

しばらくのあいだ、ジュリアンはただじっとトレーシーを見つめていた。まるでじっと見つめることで、答えが得られるかのように。

トレーシーの頬に、そして彼の手の甲に涙がぽろぽろこぼれていく。「あなたから逃げたかった。絶対に見つからないところに隠れていたかった。そうすれば、やがてはあなたもわたしを憎み、ほかの人を愛せるようになるはずだと思ったから。でも、妊娠したことがわかって、ローズ伯母様に助けを求めないわけにはいかなくなったの。あとはあなたも知っているはずよ……ルイーズによれば、わたしの記憶喪失は、悲しいことを思い出したくないために起きたものですって」

ジュリアンは声にならない叫び声をあげて彼女の名を呼び、力いっぱい抱きしめた。ふたりは絶望のあまり、しばらく声もなく抱き合っていた。彼の体がぶるぶる震えているのがトレーシーにもわかった。

この人のためにも強くならなくては。トレーシーはその震えを全身で受け止め、新しい事実を受け入れられるまで彼の心の葛藤《かっとう》を静かに見守った。

ジュリアンは口を開いたが、その声はほとんど聞き取れなかった。「君が嘘をついていないのはわかるよ、ミニョンヌ。でも、父の告解を聞いた司教に会って確かめるまでは信じない」

「ええ、わたしが最初に思ったのもそれよ。でも、司教様は誓いを破らないと思うわ。たとえアンリが魂の苦悩を告白したにしても……」

「いや、そんなことはない」ジュリアンの断固とした口調に、トレーシーの心はまたもや張り裂けそうになった。「司教だって、父の告白がどんなに重大かわかってくれるさ。これは僕らの家族、それに子どもたちに影響が及ぶことなんだ。司教に言ってやる。聖職者というのは生きている人間のために必要なのであって、死んだ人間のためではないと」

彼はトレーシーの肩の下に腕を滑り込ませて、息ができないほど抱きしめた。

「さあ、今すぐ司教のところに行こう」

司教のもとを訪れるのに適切な時間かどうかは疑問だったが、こんなときのジュリアンに逆らっても無駄なのはトレーシーにもわかっていた。

「今、子どもたちの様子を――」

「あの子たちは心配ない」トレーシーがそんな厳しい命令口調を耳にしたのは、ジャックを脅したとき と、会社の危機に際して部下たちを叱咤《しった》激励したとき以来だった。「ソランジュが、雛鳥《ひなどり》を守るようにしっかり守っていてくれるよ」

トレーシーはうなずき、ベッドから起き上がろうとした。だが、ジュリアンは相変わらず彼女を放そうとはしない。ふたりの顔は数センチと離れておらず、今にも唇が触れ合わんばかりだった。愛し合いたい――永遠に愛し合っていたい。彼がそう思っているのが、手に取るようにわかる。トレーシーも同じ気持ちだった。ふたりは昔とまったく変わっていなかった。これからもずっとこのままだろう。

だが、ジュリアンは考え直したかのようだった。ふたりはこれから宗教的にも、道徳的にも決してないがしろにできない問題を共に抱えていかなくてはならないのだ。

ジュリアンは激しく震えながら、なんとか自分を抑えたようだった。うめきにも似た声と共にベッドから離れ、両手で髪をかき上げた。

ジュリアンの目を避けるように寝室のドアまで行ったトレーシーを、彼が後ろから引き寄せて抱きしめた。彼女が愛してやまない、ジュリアンの匂《にお》いが全身を包みこんだ。

彼はトレーシーの髪に顔を埋《うず》めた。「頼むから、これはすべて嘘だと言ってくれ、ミニョンヌ」悲痛な懇願の声だった。「今夜、ここに戻ってきたら、タヒチで過ごしたように愛し合えると言ってくれ」

ジュリアンは全身全霊でトレーシーを求めていた。そんな苦しみに、彼女の最後の砦《とりで》が崩れた。

「ジュリアン、わたしの思いがわからない？　これから一生、可能なかぎりあなたを愛したいと思っているのよ」トレーシーは叫んだ。「もし子どもたちがいなかったら、今ごろ生きてはいなかったわ」

ジュリアンの腕に力がこもった。「二度とそんなことは言わないでくれ、モナムール」驚くほど激しい口調だった。「きっとこれは何かの間違いだ。父の言葉を君が誤解したんだ。息を引き取る前の数時間、父の意識はかなり混濁していた。きっと司教が、この誤解をすべて解いてくれて、この地獄は終わりになるはずだ。さあ、行こう」彼は妻の肘をつかんで寝室を出ると、玄関ホールまで下りた。

ダーリン、お願いだから、期待はしないで。だが、トレーシーには今の彼を止められるものなど何もないと知っていた。ジュリアンは戦士だ。万が一、トレーシーがアンリの最後の言葉を聞き違えたなら、真実を知るために、とことん戦うだろう。

ソランジュと短い会話を交わしたあと、ふたりは裏口から出てフェラーリに向かった。

ふたりが寝室にいるあいだに、すでに日はとっぷり暮れていた。ジュリアンはヘッドライトをつけ、無謀と思われるほどの運転で、幹線道路に出た。そして門を入ってこようとしたローズ伯母のベンツに気づいて、急ブレーキを踏んだ。

ジュリアンは窓を開け、大声で謝ったものの、ローズ伯母の返事も待たず、そのまま車を走らせた。きっと伯母様はびっくりしたはず。トレーシーは心の中で謝った。それに具合の悪いヴァレンタインを残したまま、なぜわたしがジュリアンと出かけたのか、首をかしげることだろう。

ジュリアンは運転中も、ほとんど口をきかなかった。それだけ彼の受けたショックは大きかったのだ。

街の中心にそびえ建つ大寺院に隣接する司教館に車が止まったとき、トレーシーの緊張は限界に達していた。絶対に間違いだと信じるジュリアンの思いが、彼女にも影響を与えはじめていた。

彼女はいつの間にか心の中で祈っている自分に気づいた。どうかジュリアンの確信が正しいものでありますように。司教が真実を知っていて、それによってふたりが、永遠にこの苦しみから逃れられますように。

「申し訳ありませんが、ムッシュ・シャペール《ジュ・ルグレット》」車を降り、入り口のベルを鳴らしたふたりに、管理人が応《こた》えた。「司教様はただ今、ヌーシャテルまでお出かけになっておられます。あちらにお泊まりのようでしたら、お電話があるはずですから、おふたりが緊急のご用でお見えになったとお伝えしておきます」

失望のあまり、ジュリアンはトレーシーの手がちぎれそうなほど強く握りしめた。それでもトレーシーは叫び声をあげなかった。それどころか、肉体的な痛みがふたりの苦悶《くもん》をわずかでも和らげてくれればと願ったくらいだった。

大寺院を取り囲む塀沿いの狭い敷石道を、ジュリアンの運転する車はタイヤをきしませながら突っ走った。

「ジュリアン」トレーシーは震える声で、思いきって言った。「子どもたちが心配ないのを確かめたら、わたし、今夜はホテルに泊まるわ。そのほうがいいと思うの」

「君をどこにも行かせるつもりはない」怒りを含んだ声に、トレーシーは黙り込むしかなかった。「司教がなんと言うかわからないし、それにDNA鑑定もある。子どもたちと僕たちの血液を調べてもらうつもりだ。君と僕が本当に同じ父親の血を引いているとわかるまでは、君は僕のベッドに眠るんだ」

「そんなことはできないわ、ジュリアン。あなたは、あの場にいなかったから、そんなことが言えるのよ」

「そうさ」彼は吐き出すように言った。「考えれば考えるほど、僕には信じられない。なぜ父は死ぬまで、家族にとってこれほど大事なことを告白しなかったのか。なぜ死の間際になって君だけに告げたのか。それに君のご両親だって、いっさいそんなことを匂わせたことはなかった」

トレーシーは彼の言葉を真剣に聞いていた。彼女自身、これまで何度も何度も同じ問いを発し、しまいには頭がおかしくなりそうになった。

「僕の父は、どちらかというと冷たい人で、あまり感情を表に出すことはなかった。だが、決して残酷ではない。ジャックと僕が大喧嘩《げんか》をしたあの晩、僕は父に君への熱い思いを打ち明けた。いつか結婚するつもりだとも言った。もし君の話が本当なら、父はきっとあのとき、真実を告げたはずなんだ。だが、父はそんなことをいっさい言わなかった」

「ああ、ジュリアン」トレーシーの声に希望の光が灯《とも》った。もしかしたらアンリは、あのときすでにまともに考えられなくなっていたのかもしれない。

「もっとも、もし父が母を裏切ったのが事実だとしても、それはわかるような気がする」ジュリアンは同じ調子で続けた。「母は長いこと病気がちだった。それでも母は、父との結婚に満足していた。父の裏切りについてほのめかしたこともないし、ましてや相手が君のお母さんだなんて」

ジュリアンは首を振った。「どう考えても、父が強い鎮痛剤のせいで、自分が何を言っているのかわからなくなっていたとしか考えられない」

「あなたがそう信じたいと願っているからだわ！」新たな恐怖に襲われ、トレーシーは思わず叫んだ。彼のもっともらしい話に負けてしまいそうだった。

ジュリアンがぱっと彼女を見た。その視線の激しさにトレーシーの顔が青ざめた。「君は信じないのか、モナムール？」

嘘はつけなかった。彼の視線にも耐えられなかった。「どんなに信じたいと思っているか」

「だとしたら、もうなんの問題もない。君がこうして生きて元気でいることすら奇跡なんだ。今夜はそのお祝いをしよう。君が僕のところに戻ってくれたお祝いだ」ジュリアンは再びうめいた。「ああ、君を抱きたい。この腕に一晩じゅう抱きしめて眠りたい。そんな僕の思いが、君にわかるかい？」

静かな住宅街に差しかかると、ジュリアンがいきなり車を止め、トレーシーのほうに身を乗り出した。

「トレーシー……」彼女の震える唇に向かって、ジュリアンがささやいた。「これ以上我慢できない」

その言葉と同時に、彼はふたりのあいだにあるギアシフトにもおかまいなくトレーシーをしっかりと抱きしめた。

トレーシーもまた、すべての戸惑いをかなぐり捨ててジュリアンのキスに応えた。夫への愛、欲望、そして彼だけが引き出すことのできる激しい感情を、もはや抑えることはできなかった。

トレーシーは時がたつのも忘れて、ジュリアンが与える愛撫《あいぶ》の喜びに身をゆだねた。ハネムーンからシャトーに戻ったときもそうだった。いや、今はあのとき以上だった。一年の離別がいやがうえにも情熱を燃え上がらせ、ふたりはしばらく体を離すことができなかった。

いきなりフェラーリの背後から、ヘッドライトが差し込んで、車内を明るく照らし出した。ジュリアンがこんな遅く、ふたりだけの時間を邪魔する無粋な侵入者に悪態をつきながら、唇を引き離した。

トレーシーは大きく息を吸って横を見た。すると大寺院の紋章が入った黒いリムジンが止まっている。

「モン・デュー！」ジュリアンが驚いて声を落とした。「ルーブル司教だ」

ジュリアンがすぐに車を降り、司教と短い会話を交わして戻ってきた。

「これから、あの車のあとについて司教館まで行く。ことがことだから、話はそっちでしたほうがいい」

「そうね。なぜわたしたちが会いたがったのか、司教様に言った？」

「いや」

ジュリアンはその一言以外何も言わなかった。トレーシーには彼を責める気にはなれなかった。司教が現れる前のふたりの状況を考えれば、わかる気もした。

ありがたいことに、司教館に着くまでのあいだにトレーシーは髪をとかし、化粧を直すことができた。それでもジュリアンが引き起こした、気の遠くなるような興奮は、いまだに尾を引いている。

それも司教館に到着し、中に案内されるころには、だいぶ収まっていた。どれほど短い時間にしろ、あんなふうになってはいけなかったのだ。トレーシーの心は、後悔でいっぱいだった。ジュリアンが彼女を見て、自分を責めるな、と目で伝えてきた。ふたりには恐れることなど何もない、と。

あなたが正しいことを祈っているわ、ダーリン。

司教に訪問の理由をきかれ、ジュリアンは前置きもなしに話しはじめ、トレーシーにアンリが言った言葉を伝えるよう促した。

彼女が話し終わったところでジュリアンがたずねた。「司教様、父はあなたにも同じ告白をしたのですか？　今わたしたちは生きながら地獄にいるような苦しみを味わっています。わたしたちが一生その地獄にいなくてはならないかどうかの鍵を、あなたが握っているのです」

トレーシーが息をのんで見守る中、司教は膝の上に手を置き、ジュリアンをまっすぐに見つめた。

「あなたたちの苦しみは察するにあまりあります。あなたたちのために、神に祈りましょう。しかし、懺悔《ざんげ》は神のものであって、わたしにはどうすることもできないのです」

ジュリアンが大きく息を吸った。「僕たちの結婚は、重大な岐路に立たされているのですよ！」

司教はうなずいた。「そうですね。ですから、わたしから話せることがひとつだけあります。でも、どうか誤って受け取らないでいただきたい」

司教の琥珀《こはく》色の目がトレーシーにそそがれた。そこに深い慈愛の念を見て、トレーシーの心が不安で震えた。

「ずいぶん前のことですが、あなたによく似たご婦人が礼拝堂で祈っておられました。とても悲しそうなお顔をしていました。わたしにできることはないかとおたずねすると、ご婦人は自分はカトリックではないが、どうかここで祈るのを許してほしいと言われたのです。どうしても神の助けが必要だからと。誰かに話すようお勧めしたところ、夫に許してもらう以外、誰に話しても仕方がないという答えでした。しばらくして、そのご婦人は出ていかれました。何年かあと、アンジェリークの最初の洗礼式のとき、シャペール家の方々に交じって、そのご婦人の姿がありました」司教は両手を大きく広げた。「知っているのはこれだけです。残念ですが」司教は十字を切り、ふたりを残して部屋を出ていった。

恐ろしいほどの沈黙が部屋を包んだ。トレーシーはいたたまれずに立ち上がった。顔を見るまでもなく、ジュリアンのショックはわかった。実際、司教の言葉は、アンリ・シャペールの告白に負けず劣らず残酷なものだった。

部屋がぐるぐるまわりだし、気がつくとトレーシーはジュリアンに支えられていた。彼に抱えられるようにして車まで戻ると、彼はドアを閉める前トレーシーの顔を包み込んで、自分のほうを見るように言った。

「司教がなんと言ったか、覚えているだろう。誤って受け取ってもらいたくないと言っていたじゃないか」

「やめて、ジュリアン」トレーシーは苦痛の叫び声をあげた。「もうわかっているはずよ」

彼は歯を食いしばって答えた。「いや、そうは思わない。司教は誓いを破らずに、なんとか僕たちを助けようとしたんだ」

「真実に直面するのが怖いから、あなたはそんなふうに言うんだわ。わたしも最初はそうだった。でも、もう受け入れることにしたの」

ジュリアンの目が危険な光を帯びた。「絶対に受け入れたりしてはだめだ、モナムール。でないと今夜、僕は君にキスすることもできない」

「さっきわたしたちがしたことは間違いなの。二度とあんなことがないよう神様に祈るわ」トレーシーは顔をそむけようとしたが、彼がそうはさせなかった。

「本気じゃないだろう?」

トレーシーの目から涙があふれた。「お願い、連れて帰って。わたしたち、病気の娘を置いてきたのよ」

　ジュリアンはしばらく体を硬くしていたが、やがて彼女の顔から手を離すと、運転席側にまわった。彼の運転は、今度もまた、トレーシーを脅《おび》えさせた。

「明日、ＤＮＡ鑑定の手配をしよう」

「そんなことをしても無駄よ、ジュリアン」

「僕が君をスイスの頭部外傷専門のクリニックに移すと言ったとき、サンフランシスコの医者がそれと同じことを言ったよ」

　彼の誠実さと強い意志に心を打たれて、トレーシーはささやくように言った。「知らなかったわ。あなたがそれほどまでに手を尽くしてくれたなんて」

「君は立場が反対だったら、同じことをしなかったとでもいうのかい？」彼は伸ばした手をやさしく彼女の膝に置いた。「どうなんだい、トレーシー？」

「答えはわかっているでしょう」

「じゃあ、お互い理解し合ったということだね」

「だといいけれど」

　ジュリアンの体が再び緊張するのがわかった。

「それはいったい、どういう意味だ？」

　神経質そうに唇を湿らせると、トレーシーは言った。「はっきりとした結果が出るまで、わたしはどこかに移るわ」

「そんな必要はない。君の体には決して触れないと誓うから」

「あなたと一カ月暮らすことに同意したとき、わたしも同じ誓いを立てたわ。なのに、今夜わたしたちはその誓いを破ってしまった。また破らないという保証もできない。わたしたちが兄と妹だということが確定的だというのに。ジュリアン、お願い。これ以上わたしに自分を軽蔑《けいべつ》させないで。それでなくても、いやというほど軽蔑しているんだから」

　それからのふたりは一言も言葉を交わさなかった。シャトーに着くと、ジュリアンはトレーシーが車から飛び降りる前にドアをロックしてしまった。

「君は僕らの父親が同じだとわかったら、僕と離れて住むと言うんだな？」

「ジュリアン、わたしたち、離婚しなくてはならないの。ほかにどうしようもないのよ！」トレーシーは叫んだ。「シャンブランにでも、住む場所を探すわ。シャトーからはたかだか二分もあれば来られるでしょう。そうすれば、子どもたちを一緒に育てることができるし、あの子たちも寂しい思いをしなくてもすむわ。あなたが会社に行っているあいだはわたしが世話をして、あなたは都合がつき次第、来ればいいのよ。そんなふうにしているうち、あなたに必ずいい人が――」

「トレーシー」ジュリアンが鋭く口をはさんだ。「耳を疑うね」

「まだショックから覚めていないせいよ。少し眠るといいわ」

「今日以降、眠るなんてことは不可能だ」

「お願い……」トレーシーは苦しそうにささやいた。「これだけは言っておく、トレーシー。君がどう考えようと、僕は君と再び別れるために、死に物狂いで一年間も君を捜したわけじゃない！」

「でも、友達ではいられるのよ、ジュリアン」

「友達？」車の中にジュリアンの怒りが広がった。

「そうよ。子どもたちのためにも。どんな傷も時が癒《いや》してくれるっていうわ。あなただって……いつかまた、きっと誰かと結婚できるようになるわよ」

「そんなことを言うなんて、君には僕という人間がわかっていないようだ」それを聞いて、トレーシーの胸が激しく痛んだ。

「事故の前の数カ月間で、わたしは現実に直面できるようになったの」

「そのあいだに、誰か別の男と出会ったという意味か？」彼は怒り狂って、車から飛び出した。「僕に離婚を迫るのは、誰かほかの男が君のベッドを温めようと待っているからなんだな？」

ジュリアンがこれほど取り乱すのを見たのは初めてだった。トレーシーが恐れていたことが、すべて現実になりつつある。

トレーシーはゆっくりと車から降りた。「子どもたちだけが、わたしの命よ」彼女は静かに言った。「もし、あなたがその願いをかなえてくれるなら、ほかに望むことなんて何もないわ」

ジュリアンの怒りに満ちた蒼白《そうはく》な顔が月の光の中に浮かんだ。それを見て、衝撃のあまりトレーシーの背筋は凍りついた。彼女はそのまま、まっすぐシャトーの中に駆け込んだ。

ふたりがこの人生にたったひとつ望んだこと。それは愛し合うことだった。なのに今、残酷にも、そして皮肉にも、出生という運命のいたずらによって、永遠に否定されてしまったのだ。

10

「トレーシー？　すてきな壁紙を見つけたの。ちょっと居間に来て見てくれない？」

「今行くわ、ローズ伯母様。いいわね、かわいいおちびちゃん？」母親からおなかにキスされて、ジュールがきゃっきゃと笑った。まずベビーパウダーをはたき、次にきれいなおむつをつける。それがすむと、洗いたてのＴシャツにオーバーオールを着せた。

この週末を父親と過ごすための支度がやっと完了した。三週間前、トレーシーの不安を司教が裏付けたあの日以来、トレーシーはどこか地に足のついていない日々を送っていた。ジュリアンは、朝、出勤前に赤ん坊を置いていき、帰りがけにまた引き取ってシャトーに戻った。

週末は交代で面倒を見ることになった。今週はジュリアンの番だった。トレーシーにとっては、つらい週末だ。子どものいないフラットの三階にひとり取り残されるのが、たまらなく怖い。金曜の夜から月曜の朝まで、子どもたちの顔を見ずに過ごすことがどれほどつらいか、身に染みて感じていた。

そんなトレーシーの気持ちをくんで、ローズ伯母が、泊まりに来てくれる。部屋の模様替えも伯母のアイディアだ。伯母はジュリアンが探してくれた寝室が三つあるこぎれいなフラットを、もっと家庭的な雰囲気に変えようというのだ。

フラットはシャトーから三分ほどの距離の湖に面した静かな場所にあった。手を入れる必要など全然なかったが、トレーシーにはなんとか役に立ちたいという伯母の気持ちが痛いほどわかった。

五人のDNA鑑定の結果についての報告は、まだ届いていない。医師の話では、あと二週間ほどかかるという。トレーシーはできるだけ考えないようにしていた。結果はわかっている。

この時期がふたりにとってどれほどつらいものであろうとも、離れて暮らすことを許してくれたジュリアンには深く感謝していた。少なくとも、生活のリズムのようなものは出来上がった。子どもたちもすぐに、シャトーとフラットの両方を自分の家と見なすようになるだろう。

ジュリアンもトレーシーも、別居しなくてはならない理由を、誰にも言わなかった。ローズ伯母にさえも言わなかった。それでなくとも、生涯傷を背負っていくのだ。うっかり口を滑らせて、いつの日か、子どもたちが苦しむようなことだけは、なんとしても避けたかった。

ふたりの話題は子どものことに限られていた。暗黙の了解のようなものだ。トレーシーから離れてジユリアンがどのように時を過ごしているのか、あるいは子どもがいないあいだ、トレーシーが何をしているのかなど、お互いいっさいたずねなかった。

最近のジュリアンのよそよそしさに、トレーシーは深く傷ついていた。彼は見た目も変わって、昔の、どこか人を寄せつけない厳しさが戻ってきていた。ただ子どもと一緒のときだけ、トレーシーが愛した、生き生きしたジュリアンに戻っていた。

子どもたちがいなかったら、ふたりがどうなっていたかについては考えたくもなかった。子どもたちは日に日に成長して、それぞれの個性がはっきりしてきた。

今ごろジュリアンは、早くヴァレンタインを抱きしめたい、男の子たちと遊びたいと願いながら、こちらに向かっているのだろう。できることなら、わたしもその仲間に加わりたい。そんな夢想を抱くたびに、トレーシーは自分を叱《しか》りつけ、別のことで気を紛らわせようと努めた。だが、ジュリアンを死ぬほど愛していては、何をしようと効果はなかった。

「電話は誰から？」ジュールを抱いて居間に入ると、トレーシーは伯母にきいた。さっき電話が鳴ったのは聞こえたが、伯母が出るのがわかっていたので、そのままにしておいたのだ。

「ジュリアンよ。今夜は遅くなるんですって」

矛盾するふたつの思いにとらわれて、トレーシーは唇を噛《か》んだ。子どもたちともう少し一緒にいられるのは嬉《うれ》しいが、いつも彼が来るのを待ちわびていた。たとえそれがどれほど短い時間であっても。

「なぜ遅れるんですって？」

「接待のパーティじゃないかしら」

「シャトーで？」

「いいえ。〈ホテル・ル・シャトー・ドッシー〉だそうよ」

「あら、そう」トレーシーはわざと明るく言ったが、伯母にはすべてお見通しだった。ジュリアンがパーティに出るということは、そこには男だけでなく女もいるということだ。

トレーシーはこれまで自分を嫉妬《しっと》深い女だと思ったことはなかった。だがそれもジュリアンが手の届かない場所に行ってしまうまでのことだった。これからのジュリアンは、どんな女性に惹《ひ》かれようと自由なのだ。きっと大勢の美しい女たちが、彼の気を引こうとするだろう。今夜も例外ではないはず。そして彼がそれに応《こた》え……。

「トレーシー？」ローズが心配そうに声をかけた。「どうかした？」

「いいえ」トレーシーはあわてて答えた。「子どもたちがセーターを着たままでは暑すぎないかって思っていたの。ジュリアンが来るまで脱がせることにするわ」

子どもたちのセーターを脱がせ、三つ子を枠で囲った遊び場所に入れると、トレーシーは床を這《は》って、枠の隙間《すきま》から顔をのぞかせては、いないいないばあをした。子どもたちが三人揃《そろ》って声をあげて笑い、その笑いがトレーシーにも移って、思わず涙がこぼれてきた。

「まあ、トレーシー。まったくあなたって、すばらしい母親ね。子どもたちはあなたに夢中よ」

「そうだと嬉しいわ。だってこの子たちはわたしのすべてですもの」

ローズの表情が曇った。「でも、なぜそこにジュリアンが入らないの？」

ジュリアンという名を聞いただけで、トレーシーの中からそれまでの明るい気分が消えた。

「その件については、もう話したはずよ。ねえ、話題を変えましょう。イザベルから連絡はあった？」

「いいえ、あなた宛《あて》の手紙が最後よ。ジュリアンが、腕ききの経営コンサルタントに相談するようアドバイスしていたから、今ごろブルースとそこにでも行っているんじゃないかしら。うまくいけば、イザベルにも、子どものことだけを考えるいい母親になれる日が来るかもしれないわね。あなたのように」

「あら、妊娠四カ月にしては、アレックスの面倒をよく見ていたと思うけれど」彼女は姉をかばった。

「でもイザベルがそうなるには努力が必要だったの。あなたから学ぶ必要があったのよ」

トレーシーは眉をひそめた。「どうやら本気で言っているみたいね」

「そうよ。イザベルはアレックスを壊れやすい高価なおもちゃみたいに扱っているわ。抱き上げるにしても下ろすにしても、それはそれは注意深いけれど、一緒に転げまわるようなことは絶対にしない。あなたのように抱いたり、キスしたりして肉体的な触れ合いを持つようなこともない。あなたのお父様が、あなたを扱うときは、今のあなたそっくりだったわ。だからあなたには、それがとても自然なのよね」

「パパが？」

ローズはきょとんとした顔をした。「そう。仕事から戻ると一直線にあなたのもとへ走っていったものよ。そして一緒に床に転がって、夢中で遊ぶの。あなたの母親に、夕食だって呼ばれるまでね」

「イザベルのときはどうだったの？」

「残念ながら、あの子はいつも母親っ子だったわ」

トレーシーは首を振った。「それってひどくない？　子どもは公平に育てられるべきで、母親っ子だの、父親っ子だのというのはおかしいわよ」

「あのね、ダーリン。あなたには生まれながらに母性本能がそなわっているの。でも、みんながみんなそうだとは限らないわ」伯母の顔をよぎった悲しげな表情が、なぜかひどく気にかかった。「それに、環境でもかなり違ってくるし」

伯母は何か言いたいのだ。トレーシーにはぴんときた。それほど伯母の声には悲しみがあふれていた。トレーシーの体から冷たい汗が噴き出した。

ローズ伯母様は知っていたのだろうか?

トレーシーはじっと伯母を見つめた。「どうやら、一般論というわけじゃないみたいね?」

「ええ、違うわ。わたしはあなたの両親のことを言っているの。亡くなった人には弁解もできないのに、わたしの思い出話があなたに誤った印象を与えてしまったようだから」

「父と母が、それぞれにわたしとイザベルにかたよった愛情を見せたということ?」

「そう」

トレーシーは父親について誤解していたことが恥ずかしかった。ほかの男の子どもを愛せるほど心が広いとは思っていなかったからだ。トレーシーは深く考えもせずに言った。「理由はわかっているわ、ローズ伯母様」

伯母がはっとして息をのむのがわかった。

「いつから知っていたの?」彼女の声は震えていた。

「一年前から」

「誰に聞いたの?」

「父から」

「でも、あなたのお父様は、あなたが結婚して子どもを持つまでは話さないって言っていたのよ」

「そう。そうなって初めて話してくれたわ。もっともそのときは、父もわたしも、わたしが身ごもっていることは知らなかったけれど」

「トレーシー——あなたいったい何を言っているの? あなたの両親は、あなたがジュリアンと結婚するずっと前に亡くなったんじゃないの」

トレーシーはすっかり混乱した。「伯母様こそ変よ。だって、アンリ・シャペールがわたしの本当の父親だというのは、お互いわかっているんだから」

「まあ、なんということを、トレーシー。とんでもない！」ローズは叫んで立ち上がった。「いったい、どうしてそんなふうに思ったの？」

トレーシーの体が震えだした。止めようにも止まらなかった。「アンリが死ぬ前、数分だけ彼に会ったの。そしたら彼が——母とのことを告白したわ。ジュリアンには絶対に言ってくれるなとも頼まれた。きっと傷つくだろうからって。それから泣きだして、わたしの手を取り、いつだってわたしを娘のように愛していたと言ったわ。どうか許してくれといったようなこともつぶやいていたけれど、そのあたりはよく聞き取れなかったの。わたしは呆然《ぼうぜん》として、部屋を出たわ」

「ああ、なんてこと」ローズは激しく首を振ってつぶやいた。「それであなたは、自分がその子だと思ったのね！　ジュリアンのもとから姿を消したのも、なんとか離婚しようとしたのもそのためだったんでしょう！　ああ、かわいそうなトレーシー。わからない？　彼はイザベルのことを言っていたのよ！」

トレーシーの顔から一気に血の気が失《う》せた。「イザベル？」

「そうよ、トレーシー、そうなの。イザベルがアンリの娘なの。あなたじゃないわ。注意して見ればわかったはずよ。あの子の顔立ちも、目の色も、アンリそっくりじゃないの。今まで気づかなかったほうが、おかしいわ。妹があの子を身ごもったのは、あなたの両親の仲が冷えきっていたときだったの」

「なんですって？」驚きのあまり、トレーシーはほかに言うべき言葉が見つからなかった。

「結婚してすぐ、あなたのお母さんが流産してね。あまりお母さんが苦しむので、あなたのお父さんは、また同じことにならないようにって、二度と子どもを作ろうとしなかったの。それをお母さんは、もう愛されていないと誤解したのね。そしてローザンヌを訪れていたあるとき、アンリと近づきすぎてしまったわけ。アンリもセレストがリューマチで彼を近づけなかったから、ふと魔が差したのね。たった一度の出来事だったのに、その結果がイザベルよ」

「信じられない」トレーシーはあっけにとられて、声を張り上げた。

「そう、悲しい出来事だったわ。お母さんはすべてを夫に打ち明け、そしてお父さんは許したの。本当に助けが必要なときに、その助けを与えてあげられなかったのは自分だからと言って。そしてスキャンダルを避けるために、子どもは自分で育てると言い張った。イザベルには結婚してから真実を告げるからって。でも、どんなに頑張っても、あなたを愛するようにはイザベルを愛せなかった」

「セレストは知っていたの？」

「ええ。罪悪感も覚えていたわ。自分にも責任があると思っていたようね」

「みんな、とてもつらかったのね」

「そうよ」ローズは考え込むように答えた。「そんなこともあって、あなたのお父様はすべての愛をあなたにそそいだの。別に意識してそうしたわけではなかったけれど。だからそれを埋め合わせるために、お母さんのほうはイザベルをかわいがった。でもジャックのことがあって、さすがのお父様も家族でスイスに行くのはやめてしまったわ。ただ、アンリのためを思って、イザベルだけは数週間、アンジェリークを訪ねることが許されたの」

「じゃあ、スイスに行かなくなったのは、父の考えだったのね……。それで何もかもわかったわ。イザベルはこのことを知っているの？」

「いいえ、まだよ。時機を見計らって、いつかわたしから言うつもりだけど」

「それにしてもなぜアンリは、わたしにあんなことを言ったのかしら？」

「きっと、あなたがすでに知っていると思ったんでしょう。それにジュリアンを愛していたあなたが、彼と会えなくなってどんなに傷ついたかも知っていたのね。そのことで責められたくなかったのね」

確かにその件では、アンリをうらんだ。トレーシーの胸に昔の痛みがよみがえった。

「ああ、ローズ伯母様……」トレーシーは震えていた。「伯母様の今の話で、わたしは世界一幸せな女になったのよ。ジュリアンとわたしは、なんのつながりもなかったんだわ！」母親の叫び声に、子どもたちがいっせいに顔を向けた。

愛する子どもたちが、まるで頭がおかしいのではないかというふうに見つめるので、トレーシーは泣いていいのか、笑っていいのかわからなかった。

わたしたちの子どもたちは、問題などまったくなかったのだ。わたしとジュリアンのあいだの子どもは。何事もなく、普通の人間として成長していける。

ローズがにっこりした。「とんでもない。つながりはあるに決まっているでしょう。結婚したんですもの。そしてあなたの夫は、決してその結婚を解消しようとはしなかった。それはわたしが証人よ！まったく、ひとりの女性をあれほどまでに愛する男性には、お目にかかったことがないわ」

トレーシーは喜びではち切れそうだった。「わたし……すぐにあの人のところに行かなくては！彼を捜しに行くわ！真実を早く話さないと！伯母様――」

「わかっていますよ。この週末、子どものたちのことはまかせて」彼女は心から嬉しそうに、姪《めい》の頼みを先回りして聞き入れた。「ジュリアンに買ってもらったあの豪華な紫色のドレスを着ていくといいわ。あなたの髪にぴったりですもの。でも、彼を長く待たせてはだめ。これまでさんざん苦しんできたのよ、一刻も早いほうがいいわ。ああ、トレーシー。あなたがパーティの席でこのことを伝えるときの、ジュリアンの顔が見てみたいわ」

わたしだって、その瞬間だけを待って生きてきたのだ。

一時間が飛ぶように過ぎた。ローズが〈シャトー・ドッシー〉に電話をかけ、ジュリアンがまだパーティの席にいるかどうか確かめるあいだ、トレーシーはシャワーを浴び、記録的なスピードで髪をまとめた。

アメジストのイヤリングをつけ、同じくストラップにアメジストの飾りがついたハイヒールを履いて、夫に会う支度が整った。トレーシーは子どもたちの頬にキスをしてから、伯母を力いっぱい抱きしめた。ローズが呼んでくれたタクシーがすでに階下で待っていた。

あまりに興奮して、そわそわしているので、とても自分で車を運転するような状態ではなかった。運転手がオッシー郊外の湖のほとりに立つ瀟洒《しょうしゃ》なホテルに車を横づけしたときにはほっとした。

頬を赤く染めながら、トレーシーはフロントで〈シャペール〉のパーティ会場をたずねた。

ほかの客たちが振り返るのも気づかず、彼女は会場へと急いだ。こぼれた落ちた髪が一筋二筋、肩先で揺れる。

まるで恋に落ちた十七歳の少女に戻ったようだった。その相手は今、パーティ会場の正面のテーブルについていた。

何を着ても似合うジュリアンだが、今夜のタキシード姿はまた格別だった。黒い上着がオリーブ色の肌を引き立て、男らしく個性的な顔をいっそう印象的にしている。トレーシーは思わず息をのんだ。

彼女の十七歳という若さも手伝って、あのころのふたりのあいだの磁力は強烈だった。だが六年たった今も、トレーシーは昔と同じ力で彼に惹かれる自分を感じた。長い残酷な月日を過ごしたあと、やっとなんの罪悪感もなしに、心から夫を求めることができるのだ。夫を自由に、心から愛せる喜びは、言葉ではとても言いつくせない。

ジュリアンはまだトレーシーに気づいていなかった。〈シャペール〉の重役、ポール・ロティと額を寄せ合って、しきりに何か話している。期待に胸をふくらませながら、トレーシーはまっすぐ夫のほうへ向かった。

ふいに部屋が静まり返った。客たちが次々と彼女に気づき、にこにこ笑いながら挨拶《あいさつ》する。部屋の空気の変化を感じ取ったのか、ジュリアンがふいに顔を上げてあたりを見まわした。

彼の目が、シフォンのドレスに身を包んだ姿に釘《くぎ》づけになった。トレーシーの長い脚にまつわりつくドレスから、かすかな衣《きぬ》ずれの音がする。ジュリアンは急いで立ち上がって、彼女に近づいた。

その印象的な顔には、複雑な感情の高まりがあった。近づくにつれ、彼が衝撃を受けているのがわかった。昏睡《こんすい》状態を脱して以来、トレーシーが公の場に姿を見せたことはなく、ましてや彼を捜しに来ることなど一度もなかったからだ。

あと数歩というところまで来て、トレーシーはジュリアンの恐怖を感じ取った。別居を強く望んだのはトレーシーのほうだし、その彼女が会社のパーティの席に現れたからには、子どもたちに何かとんでもないことが起きたに違いないと思ったのだろう。

だが、彼の目にはまた、自分の見ているものが信じられないという表情も浮かんでいた。トレーシーはジュリアンの目に昔の自分が映っていることを知った。それは花嫁姿のトレーシーであり、星のようにきらきら瞳を輝かせ、タヒチで夜ごと彼にすべてを与えつくした愛する女性だった……。

「トレーシー……」

そのかすれた声には、戸惑いがあった。彼女が自信のなさそうなジュリアンを見るのは初めてだった。これは夢なのではないか、そしてこの夢から覚めれば、これまで以上に苦しい状況が待ち受けているのではないか。そういった思いが、彼のいつもの自信を奪い取ったのだ。トレーシーにとっても、そんなジュリアンは新しい発見だった。

激しい衝動に突き動かされ、トレーシーは彼に両手を差し伸べた。

そのたったひとつの動きが、言葉よりももっと強い何かを彼に伝えた。彼女の魔法がジュリアンを牢《ろう》獄《ごく》から解き放ったのだ。

ジュリアンが彼女の手を受け止め、しっかりと握りしめた。トレーシーは彼が何もかも理解したことを悟った。詳しい説明はあとでいい。

ジュリアンのこわばった体から、奇跡のように緊張が抜けていく。彼はこれまでの怒りや苦しみをすべて捨て去ったのだ。

トレーシーの顔に笑みが広がり、瞳がエメラルド色に燃え上がった。純粋な喜びに輝く瞳が、ジュリアンの漆黒の瞳をじっとのぞき込む。まるで、その瞬間を心から祝い、ふたりで分かち合う未来を祝福しているかのように。

トレーシーは愛されていることを確信した自信に満ちた表情で客たちに向き直った。

「お友達の皆様《シェール・アミ》――」彼女はちょっと声をつまらせた。「こんなふうにパーティを邪魔したことをお詫《わ》びします。でも、どうしても夫と話さなくてはならない緊急の用件ができたのです。ここ一年、彼はわたしのことで、とても大変な時期を過ごしました。そのあいだ皆様には、温かい援助の手を差し伸べていただき、本当にありがとうございました。ジュリアンが乗り越えられたのも、ひとえに皆様のおかげです。そのお礼と言ってはなんですが、これからはすべてがいい方向に向かうとお約束します。もし、夫と二回目のハネムーンのために、数日のお暇をいただければ、必ず生まれ変わった彼を皆様のもとにお届けできると確信しております」

しばらく会場は静《しず》まり返《かえ》っていた。やがてポール・ロティの手を叩《たた》く音が鳴り響いた。彼と同じテーブルの客たちがそれに続く。最後にすべての人が立ち上がって、会場は拍手の渦に包まれた。

「数日ではなく、数週間にしてくれ」ジュリアンはおどけたように言うと、顔を赤くしたトレーシーを出口のほうに導いた。今のジュリアンが仕事どころではないのは、誰の目にも明らかだった。

トレーシーはてっきり駐車場へ向かうものと思っていた。だが彼は妻の腰に手をまわして、フロントの前で止まった。「部屋が欲しい。できたらハネムーンスイートを」

いかにもフロント係らしいかしこまった顔の男性が、かすかに笑みを浮かべた。「かしこまりました、ムッシュ・シャペール。お部屋は当ホテルからのプレゼントとさせていただきます」

トレーシーは夫の幅広い肩で顔を隠した。「シャトーまでせいぜい五分よ。何もわざわざ――」

「いや、これでいい」彼はそう言って、薔薇《ばら》の蕾《つぼみ》のような妻の唇にそっとキスをした。「君のおかげで、僕はもう一歩も動けない。まして駐車場なんてまっぴらだ。わかったね、僕の愛する人《モナムール》?」

その言葉が聞こえたのだろう、フロントの男性がささやくように言った。「左手のエレベーターでどうぞ。ほかに何かご用は?」

「用があるのは、妻だけだ」ジュリアンが笑いながら答えた。それからトレーシーを抱きかかえるようにしてロビーを横切り、専用のエレベーターに乗り込んだ。ドアが閉まったとたん、彼はトレーシーの顔を両手で包み込んで、髪、鼻の頭、頬、喉と次々とキスを浴びせかけた。「夢を見ているみたいだ。

さあ、教えてくれないか、かわいい人《ミニヨンヌ》」声が震えている。「DNAの結果がわかったのかい?」

「いいえ」トレーシーはささやきながら、彼の唇を求めた。「それよりも、もっと確かなところよ。絶対に間違えようのない人から聞いたの」

彼がはっと息をのんだ。「じゃあ、ルーブル司教が沈黙の誓いを破ったんだね?」

「いいえ、ダーリン。ローズ伯母様よ。伯母様はあなたのお父様とわたしの母は、確かに関係があったと証言したわ。でも、イザベルだったの。あなたの腹違いの妹は」

「イザベル?」ドアが開くと同時に、ジュリアンが言った。一瞬よろめいた彼を、トレーシーが支えた。

「そうよ、ダーリン。言われてみて、よくわかったわ。なぜいつもあなただけが、イザベルの心を理解したのかということが」

ジュリアンはまだショックから立ち直れず、しきりに頭を振っていた。ふたりはゆっくりとハネムーンスイートの居間に入っていった。ジュリアンが手近な椅子に倒れ込むように座り、トレーシーを引き寄せて膝の上に乗せた。ふたりは昔と同じようにしっかりと抱き合い、ジュリアンが彼女の髪に顔を埋《うず》めた。

長いあいだ暗い荒野をさまよったあげく、やっと我が家にたどり着いたような気持ちだった。

ジュリアンが低く深い声でつぶやいた。「ルーブル司教が、誤って受け取らないようにと忠告したのは、そのことだったんだ」

「そうなの」トレーシーの目に涙があふれた。「あなたの言うとおりだったのよ。司教様はなんとかわたしたちを助けようとしたのね」

ジュリアンが彼女をひしと抱きしめた。「初めから聞かせてくれないか。何もかもすべて」

言われるまでもなかった。両親の秘密を夫と分かち合うために、トレーシーは堰《せき》を切ったように話しだした。緊張した三十分が過ぎ、彼女はイザベルの子育てについての悲しい事実を話した。

「僕もジャックにはずいぶん冷たい仕打ちをしてしまった……」ジュリアンが苦しそうに言った。

「わたしだってあなたのお父様に、同じことをしたわ。ローズ伯母様からこの話を聞くまで、わたし、父に嫌われているのではないかと、常に不安だったの。イザベルだけがローザンヌ行きを許されたときには、とても傷ついたから」

ジュリアンは無意識にトレーシーの髪をねじっていた。「それが君のお父さんの意向だったなんて、僕たちふたりとも知らなかったからね。君のお父さんはいつだって、僕にはよそよそしかった。僕が君に決して触れなかったのも、そのせいだったんだ」

トレーシーが、はっと体を起こした。「わたしにキスもしようとしなかったのは、父のせいだというの?」

「そうだよ、かわいい人《プティート》。君と結婚したかったから、それをだめにするようなことは何もしたくなかった。君のお父さんから、僕が毎日君を学校に迎えに行ってオフィスに連れ帰るのは、どういう理由からだときかれたとき、言ったんだ。僕は自分をトレーシーをジャックから守る後見人だと思っていると。まんざら嘘《うそ》でもなかったしね。そしたらお父さんに約束させられたんだ。君を大切に、本当の妹のように扱うということを」

「ジュリアン……」彼女は両手で顔を覆った。「恥ずかしがっているのかな?」彼がやさしくからかった。「だが、この世で僕ほど激しい誘惑と闘った男もいなかっただろうな」

「ああ、ダーリン――」トレーシーはますます両手に顔を埋めた。「それなのにわたしったら、あなたに自分を投げ出したりして」

「そうだったね」ジュリアンが彼女の頬にキスをした。「君のあの大胆な行動には感動したよ。だからこそ僕は我慢できたんだ。君の愛がますます深くなって、その信じられないほど美しいエメラルド色の瞳が僕に力を与えてくれるかぎりは、君のお父さんが義理の息子として正式に認めてくれるまで絶対に我慢すると決意した。だが、残念なことにお父さんは、その前に亡くなってしまった。しかし、今ははっきりわかる。お父さんは間違いなく僕らを祝福してくれたはずだ」

「ええ、間違いないわ」トレーシーは断言した。「父はあなたがわたしのすべてだということに気づいていたわ。そしてあなたがどんなにすばらしい人かということも知っていた。そうでなければ、わたしをまかせるはずがないもの。パパとわたしはとても仲がよかったの。だから、わたしの幸せを邪魔するなんてことは決してしなかったはずよ」

ジュリアンはますます力をこめて妻を抱きしめた。

「たぶんそうだろう。だが僕を見るたびに、心が痛んだはずだ。だって、僕の父は絶対に許されないやり方で君のお父さんを裏切ったんだからね。でも、父は父なりに生涯、自分の弱さの代価を背負って生きたんだろうと思う」

「わたしの母も、きっと同じだったでしょうね。でも、もうすべては過去のことだわ」

「いや、そうとは言いきれない。イザベルはまだ知らないんだから」

「ローズ伯母様が、時機を見計らって話すそうよ。実際、それができるのは伯母様をおいていないわ。母と伯母様は、それは仲のいい姉妹だったから。伯母様なら、きっとイザベルが納得できるような形で話してくれるでしょう」トレーシーは指で夫の唇をなぞった。「そうなればイザベルも血を分けたあなたの妹として、今以上にあなたを愛するでしょうね。

だって、あなたはいつだって姉の一番のお気に入りですもの」

ジュリアンがトレーシーの手をつかんで、てのひらに唇を押し当てた。「シャトーに戻ったらすぐにブリュッセルにいるジャックに電話をして、家に戻ってくれるよう頼もう。アンジェリークも呼んで、みんなにこのことを知らせる。今こそ、もう一度家族がひとつになるときだ」

「ああ、なんてすばらしいの。それで両親たちが引き起こした悲しい出来事を永遠に葬ることができるわ。真実が明るみに出て、本当によかった」

「君があの事故を乗りきってくれたことを、神に感謝するよ」ジュリアンが声を震わせた。「ああ、ダーリン、もしかして君を失ったかもしれないと思うと……」

彼の頬に流れる涙を、トレーシーが唇でぬぐった。

「そんなことあるはずないわ。だって、わたしと赤ちゃんは、しっかりあなたに守られていたんですもの。世界じゅうでわたしほど幸せな女はいないわ、ジュリアン・シャペール」彼女は夫の唇に向かってささやいた。「あきらめないでくれてありがとう。人生で最も大変なときに、よき父親、よき夫であってくれて本当に感謝しているわ。さあ、今度はわたしがあなたの世話をする番よ。これからは毎分毎秒、わたしにとってあなたがどれほど大切な人か教えてあげる。愛しているわ、ジュリアン。言葉にできないほど。ねえ、ジュリアン、人って愛しすぎて死ぬことがあるのかしら?」

「その答えを見つける方法がひとつだけある」彼は熱い言葉とともに、トレーシーを寝室に運んだ。

「もし、愛の炎に焼きつくされるなら、そのときはふたり一緒だ、モナムール。それに、この愛がどこへたどり着こうと、そこからまた始めるだけのことさ」

ハーレクイン®

ハーレクイン・イマージュ　2002年6月刊（I-1542）

真実は言えない
2025年4月5日発行

著　　者	レベッカ・ウインターズ
訳　　者	すなみ　翔（すなみ　しょう）
発 行 人	鈴木幸辰
発 行 所	株式会社ハーパーコリンズ・ジャパン 東京都千代田区大手町 1-5-1 電話 04-2951-2000（注文） 0570-008091（読者サービス係）
印刷・製本	大日本印刷株式会社 東京都新宿区市谷加賀町-1-1-1
表紙写真	© Lightfieldstudiosprod ｜ Dreamstime.com

ISBN978-4-596-72580-6 C0297

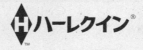

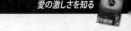

ハーレクイン"の 話題の文庫
毎月4点刊行、お手ごろ文庫！

3月刊
好評発売中！

ダイアナ・パーマー傑作選 第2弾！

『そっとくちづけ』
ダイアナ・パーマー

マンダリンは近隣に住む無骨なカールソンから、マナーを教えてほしいと頼まれた。二人で過ごすうちに、いつしかたくましい彼から目が離せなくなり…。

(新書 初版:D-185)

『特別扱い』
ペニー・ジョーダン

かつて男性に騙され、恋愛に臆病になっているスザンナ。そんなある日、ハンサムな新任上司ハザードからあらぬ疑いをかけられ、罵倒されてショックを受ける。

(新書 初版:R-693)

『シチリアの花嫁』
サラ・モーガン

結婚直後、夫に愛人がいると知り、修道院育ちのチェシーは億万長者ロッコのもとを逃げだした。半年後、戻ってきたチェシーはロッコに捕らえられる！

(新書 初版:R-2275)

『小さな悪魔』
アン・メイザー

ジョアンナは少女の家庭教師として、その館に訪れていた。不躾な父ジェイクは顔に醜い傷があり、20歳も年上だが、いつしか男性として意識し始め…。

(新書 初版:R-425)

※ハーレクインSP文庫は文庫コーナーでお求めください。